VÉRONIQUE BIEFNOT

Comme des larmes sous la pluie

ROMAN

ÉDITIONS HÉLOÏSE D'ORMESSON

843

© Éditions Héloïse d'Ormesson, 2011.
ISBN : 978-2-253-16284-1 – 1re publication LGF

À mes amours.

I

…comme la brume matinale dévoile un à un
les arbres du jardin…

C'est le noir.
Il nous a oubliés ?
C'est le noir depuis trop longtemps.
Il nous a oubliés !
Elles, elles dorment, je crois.
Je dois veiller.

NAËLLE

Elle avait pu s'asseoir.

C'était exceptionnel, les habitués de la ligne 58 avaient sans doute pris congé en cette veille de long week-end.

Elle croisa les jambes avec lenteur et sortit un livre d'un grand sac en cuir souple.

Le léger crissement de ses bas noirs électrisa l'atmosphère autour d'elle et quatre passagers avaient à présent les yeux rivés sur ses chevilles fines, sur la naissance de ses cuisses un peu trop dévoilées, peut-être, par cette jupe bleue rayée de noir.

Pour Naëlle, aujourd'hui était un jour bleu, et elle ne remarquait pas le regard de ces hommes ; plongée dans sa lecture, le reste du monde n'existait plus !

Elle avait du temps, toute la ville à traverser en métro pour se rendre à son travail ; mais ça en valait la peine : elle aimait ce nouveau boulot, et le petit appartement qu'elle occupait depuis deux ans avec Nicolas, son chat, et que son salaire lui permettait à présent de louer, lui plaisait énormément.

C'était la première fois qu'elle avait un « chez-elle », qu'elle se sentait bien quelque part, la première fois qu'elle n'avait pas peur et parvenait à passer des nuits relativement normales.

Nicolas y était sans doute pour beaucoup : quand il se nichait au creux du cou de Naëlle, la mécanique lente et rassurante de ses ronronnements l'apaisait mieux qu'aucun hypnotique n'avait pu le faire jusque-là.

Décidément ils avaient eu une excellente idée en lui offrant ce chaton le jour de son départ, il y a quatre ans. Nicolas était un chat extraordinaire : son poil long et soyeux d'une couleur beige crémeux inhabituelle et sa stature très impressionnante, même par rapport aux standards de sa race « maine coon » (les plus imposants des chats domestiques), faisaient de lui un félin atypique.

Naëlle était arrivée à destination, les quatre passagers, descendus plus tôt, avaient été remplacés par d'autres dont elle ne remarquait pas davantage les regards assidus.

Elle se leva.

Debout, elle était encore plus spectaculaire. Au boulot, ils l'appelaient « la gazelle » ; eux faisaient référence à sa taille élevée, à la gracieuse lenteur de ses mouvements, à ses yeux en amande, si grands et presque toujours baissés ; elle, pensait qu'on la voyait juste comme un animal terriblement farouche. Qu'importe, ils étaient gentils et ne lui posaient pas trop de questions ; d'ailleurs, la plupart des autres employés étaient des femmes, et comme Naëlle parlait

14

très peu, les sujets de discussion ne se bousculaient pas et encore moins les raisons de désaccord.

Pour arriver à l'entrepôt où elle travaillait, Les Tissus du chien vert, elle devait longer le canal assez longtemps, et cette promenade du début du jour lui plaisait infiniment, même sous la pluie, même dans le froid, elle aimait regarder l'eau s'écouler, tranquille, parfois couleur de cendre, plombée par le ciel bas, parfois gris-vert quand la journée s'annonçait belle, parfois orangée quand, en hiver, son passage coïncidait avec le lever du soleil.

Elle adorait ce clapotis léger, troublé de temps à autre par le passage d'un cygne, impérial ; les bâillements obscènes et goulus d'une carpe ou les poursuites désordonnées de canards amoureux.

De sa marche lente, une main glissant sur le rebord en béton du canal, elle aurait pu regarder ce spectacle pendant des heures, apaisée ; mais, de son pas calme, elle arrivait néanmoins toujours la première au magasin ; c'était donc à elle que le patron, dès les premiers mois de son engagement, avait confié un jeu de clés.

Elle était l'employée rêvée : célibataire, pas d'enfant, pas d'obligation, pas de grippe ou de gastro intempestive du petit dernier, pas d'heure limite pour récupérer l'aîné au basket ; le rêve pour tout patron normalement constitué ; en plus, si jolie ! Non, ce n'était pas le qualificatif adéquat : elle était… sculpturale, époustouflante… et si secrète, si intimidante que même Guy, le propriétaire du magasin, n'avait osé l'aborder que dans un rapport purement professionnel… Il émanait d'elle un mystère qui tenait généralement ses interlocuteurs à distance.

Arrivée rue du Chien-Vert, dont le magasin tirait son nom, elle enclencha l'énorme clé dans la serrure du volet mécanique, se pencha pour passer en dessous avant qu'il n'ait terminé sa course, mit en branle le système d'ouverture automatique des portes, débrancha l'alarme et alluma les rampes successives d'éclairage.

Progressivement, l'espace s'animait et constituait son deuxième bonheur de la journée : cet endroit était magnifique ; elle aimait la poésie décalée qui s'en dégageait.

Le propriétaire, passionné de voile, avait réussi à y créer une atmosphère originale ; il avait confié la décoration de ses énormes entrepôts à des peintres, scénographes, charpentiers, passionnés et baroques ; en rentrant dans ce lieu destiné à la vente de tissus et de mercerie de luxe, on avait le sentiment confus et rassurant de pénétrer dans le ventre doux d'un énorme navire, une caverne d'Ali Baba soyeuse et chatoyante. Et, chaque jour, quand, avec la lumière, elle y amenait la vie, Naëlle s'y sentait bien, regrettant juste un peu que le prochain va-et-vient des vendeuses et des clientes vienne troubler cette harmonie sereine.

Elle mit la machine à café en marche et endossa son grand tablier en denim noir… Tout ici était étudié avec soin, jusqu'au look branché des vendeuses ; jusqu'au petit salon où l'on servait aux clientes indécises un espresso mousseux, le temps pour elles de faire leur choix.

Naëlle, d'un coup d'œil, repérait celles qui, oisives, ne sachant que faire de leurs après-midi, traînaient dans les rayons, touchaient distraitement les soieries, achetaient vaguement quelques métrages à donner à leur couturière et puis, leur espresso avalé, remontaient dans leur Range Rover ou dans leur Mini One (décidément plus « smart » en ville).

Elle détestait ces clientes, papotantes par groupes de deux ou trois, médisantes, froufroutantes, méprisantes... Donnez-moi un maximum de votre fric, mesdames, moi, la vendeuse anonyme, je vous donne un minimum de mes mots mais n'espérez pas un sourire !

De toute façon, Naëlle souriait rarement, même les jours bleus.

Bien sûr, il y en avait d'autres, plus sympathiques : les fauchées, qui fouinaient avec enthousiasme dans les grands bacs de coupons soldés ; les mères de famille nombreuse, toujours à la recherche du joli motif qui allait égayer la chambre de bébé... ou alors, les professionnels : couturières, costumières, décorateurs ; ceux qui savaient ce qu'ils voulaient et allaient droit au but. Elle nouait parfois avec eux une relation un peu plus suivie et, connaissant leur goût, les orientait directement vers les nouveautés susceptibles de les intéresser.

Naëlle avait ainsi, parmi ses clientes régulières, une décoratrice d'intérieur, Céline, moins envahissante que les autres, une des rares personnes à ne pas la regarder avec cette insistance lourde qu'elle supportait de moins en moins.

Pourtant, et ce n'était là qu'une des nombreuses contradictions dans la vie de Naëlle, elle ne faisait rien pour se fondre dans la masse, pour paraître plus ordinaire. Elle aurait pu renoncer aux talons

hauts mais elle appréciait la jolie cambrure qu'ils donnaient à ses jambes, elle aurait pu couper ses longs
cheveux, mais elle aimait les sentir caresser sa taille
au moindre mouvement, elle aurait aussi pu cesser de
les décolorer, mais ce blond léger, enfantin la rassurait.

SIMON

Le front appuyé contre la vitre de la grande baie vitrée de son salon, il regardait le sublime panorama qui s'offrait à lui ; déjà six mois qu'il occupait ce penthouse et il ne s'y sentait toujours pas à sa place.

L'endroit était pourtant magnifique, peut-être était-ce trop parfait, trop design ? Peut-être était-il juste trop seul dans cet espace trop grand ?

Simon avait sauté sur l'occasion, un an plus tôt, d'acquérir les deux derniers étages de l'immeuble bourgeois qu'il occupait avec son fils Lucas depuis maintenant six ans.

Cette nouvelle organisation de leur petite cellule familiale, outre l'avantage d'offrir un peu d'autonomie à son fils, lui évitait de croiser, au petit déjeuner, l'une ou l'autre de ses copines, souvent charmantes, au demeurant, mais sommairement vêtues d'un vague tee-shirt défraîchi.

Même s'il n'avait pas de position morale particulièrement arrêtée sur le sujet, partager son intimité avec des jeunes filles dont il avait à peine le temps de mémoriser le prénom ne lui semblait pas le comble du confort à quarante-deux ans passés.

Pour être honnête, le bruit de leurs ébats enthousiastes et répétés le renvoyait aussi avec un peu trop de brutalité à sa solitude.

Simon et Lucas vivaient tranquillement dans cet immeuble cossu, entre l'avenue Louise et le site de l'abbaye de la Cambre ; situation enviable, à deux pas du centre-ville, au bord d'une des plus belles avenues bruxelloises. À un jet de pierre se trouvait la place Flagey, rénovée en lieu de branchitude désœuvrée, et le bois de la Cambre, endroit idéal de promenade dominicale dans cette nouvelle capitale européenne qu'était devenue Bruxelles, squattée par des eurocrates aisés qui contribuaient à lui rendre les couleurs fanées par la « bruxellisation » hâtive et dramatique des années 1970.

L'endroit offrait, en outre, l'avantage d'un vaste parking au sous-sol permettant de garer en toute tranquillité son Aston Martin DB9, flambant neuve, et la Smart Roadster qu'il venait d'offrir à Lucas pour ses dix-sept ans.

En ce matin glacial et ensoleillé de janvier 2009, Simon contemplait les buis symétriquement disposés sur sa terrasse arborée, recouverts d'une épaisse couche de neige rarement aussi présente dans cette région de l'Europe.

Trois jours que le blanc persistait dans tout le pays, plongeant chacun dans une torpeur inhabituelle, rendant les routes peu praticables.

Simon s'en moquait, il pouvait rester chez lui, aucune obligation ne le poussait à l'extérieur ; il contemplait ce paysage irréel, écoutant en boucle l'*Adagio* de Barber que ses amis trouvaient ringard, mais qui lui arrachait immanquablement des larmes quand les violons, crescendo, attaquaient le dernier mouvement.

Sur la terrasse, des moineaux minuscules picoraient la moelleuse nappe immaculée qui recouvrait tout, épousant les reliefs, leur offrant sa rotondité rassurante. S'il avait eu trente ans de moins, il aurait sûrement déjà tout saccagé avec bonheur, rassemblé ce blanc tapis en un bonhomme de neige aussi sublime que fugace, quintessence des plaisirs simples de l'hiver, de l'enfance, les doigts engourdis par le froid, les jointures bleuies par le gel qui vous picotaient, plus tard, quand on se réchauffait à l'intérieur de la maison, un bol de chocolat chaud lové au creux des paumes.

Mais Simon avait passé l'âge de ces plaisirs enfantins et Lucas, depuis longtemps, n'avait plus envie de les partager avec lui.

Il était donc pensif, le front collé à la vitre froide, se demandant pourquoi il n'était pas plus heureux ; lui, l'homme à qui tout semblait avoir réussi, pouvant assouvir la plupart de ses envies – matérielles, du moins –, mais aujourd'hui cela ne suffisait plus.

Il aurait pu cesser d'écrire depuis longtemps déjà, et profiter de la vie… mais quelle vie ?

Tout semblait fade et tiède, l'écriture seule lui offrait encore des étincelles de plaisir, des moments de joie évidents et immédiats.

Tout avait été si vite ! Son enfance confortable, ses études d'ingénieur rondement menées ; sa première société fondée l'année suivante, et puis, deux ans plus tard, le grand saut : l'Australie et l'ascension foudroyante du *golden boy* ; la rencontre avec Meryl, miracle de la vie ; leur mariage, rapide, précipité comme pour ne rien laisser échapper de cette chance inouïe de s'être rencontrés ; la naissance de Lucas, révélation inattendue.

Ces deux-là à aimer et, comme objectif à atteindre, à maintenir : le bonheur, le bonheur !

Tout semblait si simple, si lumineux.

Meryl, l'inouï fait femme ; chaque jour, l'émerveillement de voir que la veille n'était pas un rêve, que la beauté, la bonté, le bonheur existaient, qu'on pouvait, chaque matin, se réveiller content, se repaître, insatiable, de la pureté d'un profil ; attendre, impatient, que son regard à elle s'ouvre sur le monde, que la lumière de ses yeux éclaire enfin le jour ; que la vie vibre, par ses yeux à elle, Meryl ; que la joie fuse, par ses baisers, par son sang, par son ventre, par Lucas, enfin.

Une bulle de bonheur entourant ces trois êtres parfaitement égoïstes, parfaitement inconscients, parfaitement heureux... pour si peu de temps !

Trois ans plus tard, une leucémie foudroyante : la descente aux enfers, rapide, terrible ; les cheveux de Meryl, hier encore si beaux, si pleins de vie, laissés pour morts sur l'oreiller ; le corps doux, sensuel, jamais lassé de caresses, tout à coup si froid et dur, rétif à toute étreinte, douloureux, anguleux, fermé de plus en plus à la vie... et bientôt, la mort, le vide ; et deux êtres abandonnés, perdus, orphelins, naufragés du destin, soudés l'un à l'autre, désespérés.

22

Avec son fabuleux et encombrant fardeau de quatre ans accroché autour du cou, Simon décida alors de rentrer en France, pour donner à Lucas un semblant de famille auprès de ses parents, son frère et ses enfants ; un semblant de bonheur et d'équilibre.

Un appartement à Montmartre, pas loin de la butte et de ses manèges où, malgré les trottoirs trop étroits et peu propices aux sinuations d'un tricycle, Lucas pouvait se faire quelques copains autour des crêperies du Sacré-Cœur.

Pour tenter d'ignorer son chagrin, et atténuer le désespoir des longues soirées en solitaire passées à attendre que Lucas veuille bien s'endormir, entre terreurs nocturnes et chantages enfantins, Simon se mit à l'écriture, récit désespéré d'un amour impossible qui tromperait la mort… et qui finirait bien !

Jeu douloureux, délicieux : tenter de décrire la vie, mais en mieux, en plus vivant, modifier l'inexorable, le rendre supportable.

Et doucement, cette discipline salutaire le ramena à la réalité, aux repères du quotidien : l'odeur du café le matin, la première dent de lait tombée, le passage de la petite souris et son cadeau obligatoire, Noël, Pâques, et le printemps qui revenait et ses sourires aussi, de plus en plus, d'abord timides, puis assumés, n'enlevant rien à l'absente, mais l'intégrant au contraire, telle la compagne invisible d'impossibles étreintes, à la vie qui renaissait.

NAËLLE-CÉLINE

Au magasin, la matinée avait été tranquille.

La neige, depuis trois jours, avait recouvert la ville et dissuadé les dilettantes de sortir de chez eux ; seuls ceux qui y étaient vraiment contraints se risquaient sur les trottoirs verglacés.

Naëlle servit donc un couple qui emménageait dans un nouvel appartement et avait besoin de voilages épais pour se prémunir des regards indiscrets des élèves de l'école catholique installée de l'autre côté de leur rue ; elle avait ensuite conseillé à une jeune fille et à sa mère l'achat d'une magnifique soie sauvage grège, filetée d'argent, qui ferait de la demoiselle la plus jolie des mariées ; enfin, Céline était arrivée.

Elle venait souvent dans cet endroit, certaine d'y dénicher le coupon qui conviendrait à ses clients, toujours exigeants, toujours hésitants.

Depuis l'arrivée de cette nouvelle vendeuse, elle prenait un plaisir particulier à se faire servir par

Naëlle : il était agréable d'hésiter avec elle entre une guipure et une autre, entre un velours ras ou dévoré, de comparer deux tons « taupe » pour trouver celui qui se marierait avec le nouveau salon d'un de ses clients fortunés qui trouvait naturel de changer la décoration de sa maison tous les deux ans (une aubaine pour les architectes d'intérieur comme elle !), cette terrible crise économique dont tous les journaux nous rebattaient les oreilles semblait heureusement en épargner quelques-uns.

Ensemble, avec difficulté, elles hissèrent les 28 mètres de velours taupe grisé choisi dans le coffre du break Volvo ; cette tâche, compliquée par le sol glissant, déclencha un fou rire aussi inattendu qu'irrépressible.

C'était l'heure du déjeuner, Céline proposa à Naëlle de l'accompagner pour manger une salade dans un bistrot tout proche, rue Antoine-Dansaert ; elle venait d'en terminer la déco et voulait voir ce que ça donnait, avec de la vie à l'intérieur.

Naëlle resta quelques secondes interloquée : elle s'était toujours arrangée pour déjeuner seule, d'un sandwich, marchant le long du canal. Et là, cette invitation… Elle n'aimait pas ça, l'inattendu, elle n'aimait pas, ne savait pas comment réagir.

Céline prit son silence pour un oui et ouvrit la portière de sa voiture.

La courte distance qui les séparait du restaurant lui parut interminable, Naëlle ne s'était plus trouvée dans une telle promiscuité depuis longtemps, et ça la mettait terriblement mal à l'aise ; les jambes repliées haut sous son épais manteau bleu, elle avait de la peine à respirer et n'arrivait plus à prononcer un mot ; elle entendait, assourdies, les phrases que prononçait Céline, n'en comprenait pas le sens, tant les sons s'entrechoquaient dans sa tête en un chaos cotonneux.

Céline n'avait pas immédiatement saisi le trouble de sa passagère, mais après l'avoir constaté, elle fut heureuse de trouver rapidement une place de parking et eut le sentiment étrange de libérer la jeune femme quand elle sortit de la voiture.

Le bistrot était presque complet et une joyeuse animation régnait à l'intérieur ; en un regard, Céline considéra l'ensemble de la salle et fut satisfaite de son travail : ses choix avaient été judicieux !

Le patron, dès qu'il la vit, accourut, l'embrassa et lui proposa la meilleure des tables encore disponibles.

Installées, elles passèrent la commande : un carpaccio de thon rouge pour Céline, et des *penne* champignons-crème pour Naëlle.

— Vous avez de la chance, s'exclama Céline, moi, il est bien rare que je prenne des pâtes ; à partir d'un certain âge, il n'y a rien à faire, il faut se surveiller...

Naëlle gardait les yeux obstinément baissés, fixant la nappe en lin gris.

— Il est vrai que vous, si jeune, si mince, vous ne devez pas avoir beaucoup de problèmes de poids !

La jeune fille sourit, timide, mais ne dit pas un mot ; Céline commençait à s'inquiéter de ce trouble persistant dont elle ne comprenait pas la nature. Peut-être cette jeune femme se méprenait-elle sur ses intentions : son physique devait en effet, régulièrement, provoquer de nombreuses tentatives de séduction ; pour dissiper tout malentendu, en attendant l'arrivée des plats, Céline se sentit obligée de parler d'elle et de sa famille.

— J'adore déjeuner en ville : ça me détend ! Avec trois enfants à la maison, les fins de journée sont toujours assez rock and roll ! Les devoirs, les bains, préparer le repas ; et puis, Grégoire, mon mari, ne rentre pas toujours très tôt, alors j'assume pas mal de choses… Mais, quand il est là, il met les bouchées doubles et la main à la pâte, il cuisine pas mal d'ailleurs. Et puis, vous savez ce que c'est, quand c'est la grosse voix de papa qui le demande, les choses se font plus vite : Hop, laver les mains ! Hop, à table ! Et tout le monde suit avec plus ou moins d'enthousiasme…

Céline sourit, racontant l'anecdote de ce matin où leur petite dernière, Méline, sept ans, après avoir en vain essayé trois tenues et explosé les placards de sa chambre à coucher en un temps record, était finalement arrivée en retard, vêtue d'un pantalon rose, d'un large pull orange trop grand emprunté à l'un de ses frères, et avait dû manger sa brioche en bougonnant dans l'escalier, sous peine de rater le bus qui l'emmenait chaque matin à l'école !

Naëlle, patiente, écoutait ; le très léger sourire figé sur ses lèvres ressemblant plus à une grimace polie qu'à une véritable marque d'intérêt.

Céline se sentait ridicule, ne savait plus quoi ajouter pour amorcer la conversation ; est-ce que c'était le prix de l'addition qui gênait Naëlle ?

— Laissez-moi vous inviter, je vous ai kidnappée pour ne pas manger seule, c'est la moindre des choses !

— Non, je vous remercie ; ça me fait plaisir à moi aussi.

C'était la première phrase que Naëlle lui adressait, un bon début ; d'autant que sa voix douce, grave, donnait au moindre de ses mots un étrange écho, inhabituel et profond. Les plats arrivèrent, Céline ne se sentit plus obligée de parler. En attendant les cafés, elle entreprit néanmoins d'en savoir davantage ; cette jeune fille l'avait intriguée dès le début : son apparence, bien sûr, tellement particulière, tout droit sortie des pages d'un magazine féminin, grande, mince, blonde, des yeux verts, limpides, changeant de nuance selon ce qu'ils regardaient.

Comme tous ceux qui croisaient la jeune femme, Céline n'avait pu faire l'impasse sur ce physique hors norme ; mais ce qui l'intriguait vraiment, c'était son attitude, cette façon d'ignorer le pouvoir qu'elle exerçait sur les gens, d'en être plutôt contrariée ; ce rapport poli, professionnel, qu'elle entretenait avec les clientes, jamais un sourire ou une plaisanterie, jamais un mot désagréable non plus d'ailleurs, l'aspect lisse et tranquille d'un sublime lac aux profondeurs inconnues.

Fascinante, voilà, elle était fascinante !

— Non, moi, je vis à l'autre bout de la ville, lâcha-t-elle du bout des lèvres.

Et Céline se dit que les lèvres de Naëlle, sans le moindre maquillage, semblaient la perfection faite bouche.

— Pas pratique pour les déplacements !

— Ça ne me dérange pas, j'adore lire, alors, le métro, c'est idéal.

— Mais vous êtes loin de tout là-bas : pas de restaurant, pas d'endroit où sortir, où allez-vous quand vous voulez danser ?

Naëlle écarquilla les yeux, elle avait soudain l'air d'une toute petite fille.

— Quoi, vous n'allez pas danser ? Moi, à votre âge, je sortais tous les soirs, je dansais toute la nuit, je ne vous raconte pas le nombre de nuits blanches... Quand on est jeune, on peut tout se permettre !

— ... Oui, sans doute...

Durant le léger silence qui suivit, Naëlle, pour la première fois, la regarda dans les yeux, et dans ce regard, derrière la transparence lumineuse des iris, Céline fut happée soudain par quelque chose de bien plus sombre. La première, elle détourna les yeux.

— Mais... vous... vous êtes jeune aussi ! finit par dire Naëlle.

— Oh, merci, c'est gentil, je ne le suis pas tant que ça... bon, c'est vrai que la nature a été assez généreuse avec moi ! Vous savez, dit Céline en riant, quand je sors en boîte, les dragueurs me donnent à peine trente ans... Mais d'abord ils mentent, c'est leur rôle, ensuite l'éclairage tamisé est généralement flatteur, en réalité, j'en ai quarante !

— Ça vous arrive encore d'aller danser ?

— Il y a un âge limite ? Grégoire et moi adorons danser ! Vingt ans de mariage, trois enfants, et nous passons encore des nuits blanches à user nos semelles sur les pistes de danse.

— C'est étrange… je veux dire, c'est magnifique.

— C'est peut-être ça qui conserve ! En plus, on s'est connus en boîte de nuit, au Mirano Continental, vous connaissez ?

— … Non…

— Oh ! Nous, on y a passé des heures ! Toujours est-il que chaque soirée clubbing en devient une espèce de pèlerinage sentimental.

— Je n'aurais jamais imaginé que ça pouvait exister.

— Nos amis non plus, ils ironisent d'ailleurs abondamment là-dessus, mais nous, on s'en amuse ! Et puis, bientôt, nos enfants pourront nous accompagner, ce sera sympa.

Elles riaient toutes les deux, comme si un verrou avait sauté ; et ce couple de femmes radieuses ne manqua pas d'attirer les regards des autres clients ; pour une fois, Naëlle s'en moquait, elle avait le sentiment de ne pas être seule à les affronter, à les ignorer ; pour une fois, elle se sentait bien dans un endroit public, pour une fois elle ne se sentait pas seule.

II

… comme les grands pans d'ombre qui traînent,
là où la lumière ne va pas…

C'est toujours comme ça, un grand vertige dans ma tête, un trou noir qui m'aspire.

Il ne faut pas dormir...

L'autre va venir, celui avec son odeur et ses mains lourdes.

Celui qui lui fait mal, à elle, maman, celle qui pleure et raconte des chansons ; à l'autre aussi, celle qui ne fait rien, cachée dans un coin ; mal à moi aussi, parfois, moi qui ne dis rien et qui ai peur.

Pas dormir, être prêt, toujours, pour la prochaine fois où il va rentrer.

C'est à moi de protéger maman, moi son petit homme !

SIMON

C'est avec circonspection que Simon avait entamé son premier roman, dix ans plus tôt.

Il noircissait consciencieusement les pages d'un petit carnet, acheté un soir de vague à l'âme où il hésitait entre vider une bouteille de Glenmorangie et rechercher les coordonnées d'un bon psychiatre qui l'aiderait à passer ce mauvais cap, cette mauvaise voie, ce noir sombre où semblait s'enliser sa vie.

Sans la présence de Lucas, Simon aurait peut-être mis fin à ses jours ; il ne croyait pas en Dieu, ne croyait plus en l'amour, n'attendait plus rien de l'existence... mais il y avait ce petit bonhomme, et ses grands yeux noirs, qui semblait tout attendre de son père : le miraculeux comme le banal ; seuls les jeunes enfants et les animaux peuvent nous responsabiliser à ce point, ancrer leur confiance si loin en nous, donner un sens, une nécessité à chacun des gestes du quotidien, fussent-ils les plus insignifiants.

Et les pages se remplissaient, les chapitres succédaient aux chapitres, et l'histoire se construisait, chaque mot allégeant un peu sa peine, lui donnant l'envie de se lever le matin, de se raser, de parcourir les jours avec plus de légèreté, la main dans celle de son enfant, désormais âgé de huit ans.

Contre toute attente, il termina ce roman avant l'été et en fut suffisamment satisfait pour envoyer quelques exemplaires à des éditeurs.

Sur vingt-trois envois, douze restèrent sans réponse, les autres lui conseillaient, en termes polis, de revoir sa copie et de les recontacter plus tard ; seule une petite maison d'édition assez alternative lui proposa, après quelques corrections, une publication à tirage limité relativement confidentielle.

La lettre resta quelques jours aimantée sur la porte du frigo : Simon n'y croyait pas, vaguement méfiant. Après qu'elle l'eut nargué assez longtemps, il se décida à appeler la maison d'édition. Cette tentative de survie allait donc aboutir à un roman, publié, lu par des gens, des inconnus... Pour la première fois depuis des années, il rit, seul, dans sa cuisine, tenant à la main cette promesse d'une possible nouvelle vie.

Ensuite, les événements s'emballèrent en un tourbillon exaltant ; on fit un nouveau tirage de ce premier roman, qui devint une des meilleures ventes de l'année en France ; les droits d'adaptation cinématographique furent achetés par Hollywood et son éditeur pressa Simon de donner une suite à ce démarrage fracassant !

Il vivait alors dans une euphorie permanente, sollicité de toutes parts, invité quasi obligatoire du moindre « talk-show », on le voyait, photographié, souriant et parfois éméché dans tous les endroits à la mode, au bras de créatures de rêve, dont il ignorait le plus souvent le nom.

Une certaine discipline, acquise dans son enfance auprès de parents pour qui rien n'était jamais dû, lui permit cependant de boucler, dix-huit mois plus tard, son deuxième roman qui connut le même succès, inouï, que le premier... La machine était lancée.

Lucas grandissait tant bien que mal, de nounou en baby-sitter ; c'était un chouette petit gars, et Simon veillait toujours à conserver des moments privilégiés avec lui : le ski à Courchevel, les vacances en Guadeloupe pour se remettre du ski, et l'été en Sardaigne ou à Ibiza pour profiter du soleil dans l'une ou l'autre villa de vagues connaissances, désormais amis du nouvel écrivain à la mode... Une vie futile, étourdissante, où les plaisirs immédiats masquaient l'essentiel : Simon était seul depuis la mort de Meryl et aucune compagne éphémère n'avait pu, ne fût-ce qu'un instant, la remplacer.

C'est en Sardaigne qu'il rencontra Maya.

L'attirance fut immédiate et réciproque ; actrice en vue, ensorcelante, elle faisait partie de la jet-set trendy ; le charme opéra sur Simon comme sur les milliers d'autres qu'étaient ses fans.

Ils vécurent un été privilégié, à l'abri du parisianisme et de ses commérages.

Maya était l'exact opposé de Meryl : narcissique et angoissée, piquante et survoltée, elle entraînait Simon dans des délires érotiques au charme ambigu ; lui, en quête d'absolu depuis si longtemps, pensait que cette frénésie sexuelle ne durerait qu'un temps et ferait place à une relation passionnée, certes, mais compatible avec le quotidien, avec l'éducation de Lucas surtout, qui, de son côté, vivait plutôt mal cet été ébouriffé.

Le retour à Paris fut compliqué : Maya alternait les périodes euphoriques et désespérées ; Simon n'arrivait plus à écrire et Lucas s'enfermait obstinément dans un silence révolté.

C'est alors que les paparazzis s'en mêlèrent, leur rendant la vie plus compliquée encore : la moindre de leurs sorties était épiée, commentée, absurdement.

En associant leurs deux personnalités, dorénavant publiques, ils ratissaient large et attiraient inévitablement tous les tabloïds français en mal de ventes.

La situation devint intenable, le peu d'intimité qui leur restait ne fut plus que déchirements douloureux.

Confrontés à ces difficultés publiques et aux réalités de la vie de couple, ils abandonnèrent donc l'idée de s'installer ensemble à Paris.

Lucas allait mal, Simon n'écrivait rien de bon et les éditeurs le pressaient de toute part. Il décida de s'installer à Dublin avec son fils pour tenter de redémarrer une nouvelle vie dans un relatif anonymat.

NAËLLE

Incroyable… ce midi !

Pour la première fois, elle était allée au restaurant avec quelqu'un… et c'était bien !

Elle était revenue avec un peu de retard au magasin, mais comme c'était la première fois, on ne lui avait pas fait trop de remarques ; Bernard, le responsable de l'étage des vinyles et similicuirs ne manqua pas de lui décocher quelques regards éloquents, qu'elle ignora, tout naturellement.

Elle se sentait heureuse, comme jamais.

Peut-être…

Peut-être pourrait-elle déjeuner une autre fois avec elle, avec Céline, ou juste marcher le long du canal, comme avec une amie.

Peut-être pourrait-elle réussir à lui parler.

L'après-midi s'étira, bizarre, Naëlle pensait sans cesse à cet instant, se disant que la prochaine fois elle serait plus loquace, qu'elle essaierait de sourire afin que Céline lui parle encore de sa vie, de sa famille, une famille, ça avait l'air bien…

Parfois, elle me parle, maman.

Parfois elle lit des mots dans un livre, des chansons et, alors, elle dit que le temps est moins long.

Le temps... Maman a déjà essayé de nous expliquer ce que c'est, à la sœur et à moi ; mais c'est difficile à comprendre : le jour, la nuit, on ne sait pas ce que c'est.

Il y a juste cette ampoule, parfois allumée, parfois éteinte ; alors, elle, elle nous dit que c'est comme ça le jour et la nuit : allumé, éteint, allumé, éteint.

Moi, je m'en fous, je suis content quand elle chante ses chansons !

SIMON

Dublin avait été bénéfique pour tout le monde : Lucas parlait à présent couramment l'anglais, Maya avait espacé ses visites jusqu'à ne plus donner aucun signe de vie, les magazines lui attribuaient à présent d'autres fiancés.

Simon avait écrit deux romans dans la foulée, saga romantique à travers les époques et les vies multiples de ses personnages.

Il avait trouvé son public et son créneau, ses lecteurs étaient pour la plupart des femmes : les passionnés de lecture étaient majoritairement féminins, des femmes qui entraînaient leurs maris dans leurs sillages, les emmenant au théâtre, aux expositions, glissant des livres sur leur table de chevet, ou alors, des hommes pas totalement hermétiques à leur part de féminité... Il en était, en tout cas, convaincu.

Ainsi, les descriptions physiques peu précises que Simon donnait de ses personnages et l'universalité des sujets traités, doutes et déroutes communs à tout humain, permettaient-elles à chacun de s'identifier à ses héros.

Ses romans continuaient donc de caracoler en tête des ventes ; et aux longues périodes de travail solitaire face à son ordinateur succédaient d'interminables séances de dédicaces aux quatre coins du monde auxquelles Simon se prêtait avec charme et bonne humeur.

On ne pouvait le taxer de cynisme : ce n'était pas une démarche planifiée ou l'application d'une recette avérée, comme se plaisaient à le répéter les critiques… Non, il aimait écrire et, tout en étant conscient des faiblesses de son écriture, ni brillante ni novatrice, il avait tout simplement le don de raconter des histoires et de rencontrer les préoccupations de ses contemporains.

Son « fan-club » dès lors ne cessait de s'agrandir comme en témoignait son site officiel sur Internet, débordant des déclarations enthousiastes de ses lecteurs, ravis.

Il s'obligeait à répondre à chacun, un mot gentil, un remerciement, un encouragement. Toutes ces pensées positives s'envolaient à travers le monde et ces échanges l'occupaient quotidiennement ; mais il trouvait que cela aussi faisait partie de son travail ; et puis, sans doute aimait-il les gens, tout simplement !

Au fil du temps, il voyait défiler dans sa boîte des témoignages souvent reconnaissants, enthousiastes, rarement désagréables ; un dialogue s'installait parfois avec une minorité de ses fidèles visiteurs internautes ; curieuse communication, intime en apparence et si lointaine en vérité, qui semblait rapprocher sans engager à quoi que ce soit.

Cette existence, somme toute assez tranquille et confortable, aurait pu continuer si Simon n'avait, de plus en plus fréquemment, la nostalgie des inflexions latines.

Il était un écrivain francophone, après tout, et depuis trois ans, vivant en Irlande, il ne pratiquait plus sa langue qu'à travers l'écriture !

Son fils lui-même éprouvait de plus en plus de difficultés à s'exprimer en français !

Cette situation lui convenait mal, mais il n'avait aucune envie de retourner vivre à Paris : ses mésaventures affichées en couverture de la presse « people » lui laissaient encore un goût amer en bouche ; ses parents étaient désormais installés à Nice et son frère à Uzès, aucun de ces endroits ne pouvait apporter à un adolescent de treize ans une scolarité sérieuse et une vie culturelle intéressante.

Depuis quelques mois, il avait renoué le contact avec son vieux copain de fac, Grégoire Finkel, lequel avait ouvert à Bruxelles un bureau d'architecture qui paraissait gentiment fonctionner.

Un matin, Grégoire l'appela pour lui parler d'un superbe duplex à Ixelles, potentiel investissement immobilier.

Simon fit ses valises, vint le visiter, et deux mois plus tard, tout était réglé.

L'appartement était grand, lumineux, décoré avec goût par Céline, l'épouse de Grégoire, que Simon avait d'emblée trouvée sympathique, un peu trop maternelle à son avis, mais charmante.

Une nouvelle vie commençait et Lucas était ravi de trouver auprès des enfants des Finkel, Maël, Basile et Méline, les compagnons de jeu dont son enfance avait été frustrée.

L'autre, celle qui n'est pas maman, mais qui a la voix et la peau douces aussi : celle qui est ma sœur, que j'ai toujours vue à côté de moi, celle-là n'est pas toujours gentille...

Peut-être parce qu'elle est jalouse de moi, de mes câlins avec maman.

Peut-être parce qu'elle a très peur de celui qui vient parfois, avec son odeur et ses mains lourdes...

Je ne sais pas... Je crois qu'elle ne m'aime pas.

CÉLINE

Ce déjeuner avait duré beaucoup plus longtemps que prévu, mais Céline ne le regrettait pas le moins du monde : Naëlle l'intriguait depuis des semaines. Évitant poliment tout sujet personnel, la jeune femme avait, sans le savoir, attisé sa curiosité.

Elle se promit donc de l'inviter à nouveau, ne fût-ce que pour savoir si la solitude apparente de la jeune vendeuse était un choix… ou pas !

C'était plus fort qu'elle, Grégoire s'en moquait d'ailleurs. Céline ne pouvait s'empêcher de se sentir concernée par tout ce qui l'entourait : un oisillon tombé du nid ou une chauve-souris mise à mal par un chat trouvaient toujours refuge dans un coin de son bureau ; les copines déprimées s'adressaient à elle en cas de coup dur et c'était elle qui ravitaillait toutes les petites vieilles du quartier quand elle se rendait au supermarché… Elle était donc constamment submergée par les problèmes des autres… et, finalement, elle aimait ça !

En quittant la ville au volant de sa voiture, un peu trop vite pour éviter les embouteillages, elle espérait ne pas se faire flasher une fois de plus sur le viaduc menant à la E 411 et avoir le temps d'aller chez le légumier avant de récupérer les enfants.

Ce soir, Simon, le vieil ami de fac de Grégoire devenu depuis romancier, venait passer la soirée chez eux et Céline mettait un point d'honneur à régaler les papilles de ses invités.

Elle appréciait ces repas à sept où Simon faisait auprès de ses enfants office d'« oncle » et Lucas, de « grand cousin ».

Elle-même n'avait plus beaucoup de famille, et Grégoire, venu s'installer à Bruxelles après une jeunesse parisienne, ne voyait la sienne que très sporadiquement.

Ils se retrouvaient ainsi : Céline, Grégoire, Simon et les enfants, famille recomposée, atypique, pour des soirées ou des week-ends à la campagne dans leur grande maison.

Voilà ! Elle avait tout goupillé : les enfants dans la voiture, le coffre plein de victuailles, elle n'avait plus qu'à passer à l'action !

Chaque fois qu'elle rentrait dans le jardin intérieur de leur propriété, un sentiment de satisfaction l'animait… Grégoire et elle avaient travaillé comme des fous depuis dix ans pour réussir ce pari insensé : rénover un vieux moulin à eau désaffecté !

Et, aujourd'hui, ça tenait la route : leur bâtiment avait fait deux fois la couverture de livres spécialisés dans la réhabilitation de sites industriels et la décoration intérieure s'était retrouvée dans divers magazines… Ça leur avait amené énormément de clientèle, ils pouvaient dès lors se permettre le luxe de consacrer une partie de leur temps à leurs hobbies réciproques : la musique pour Grégoire, la peinture pour Céline. Ainsi, au rez-de-chaussée de l'imposante bâtisse, Céline avait installé un grand atelier tandis que Grégoire s'était construit un studio insonorisé où, avec ses potes du groupe « Babel Zone », ils répétaient bruyamment leurs compositions sans incommoder le voisinage.

OK, il ne fallait pas trop tarder si on voulait partager un bon repas et puis regarder un DVD au coin du feu !

NAËLLE

Le retour fut moins confortable que l'aller. Pour échapper à la promiscuité du métro qu'elle supportait parfois difficilement, Naëlle se mit à lire, debout, adossée à la paroi métallique.

Depuis des années, elle avait développé cette faculté d'échapper à la réalité grâce à la lecture ; ses compagnons de voyage couchés sur le papier étaient bien différents de ceux qu'elle côtoyait chaque jour avec leurs odeurs, leur présence envahissante, leurs regards insistants.

Enfin, elle arriva chez elle.

Elle commença par saluer Romain qui fermait son salon de coiffure, au rez-de-chaussée de l'immeuble.

Il balayait les cheveux mêlés de ses clients avec calme et application. Naëlle le regardait faire son travail, en bon artisan, conscient d'apporter un peu de bonheur et de satisfaction en quelques coups de ciseaux.

— Salut, ma belle ! Déjà de retour ? Si tu veux, demain, j'ai un peu de temps, je peux refaire ta couleur.

Elle accepta avec gratitude la proposition, ignora l'ascenseur et gravit prestement les quatre étages qui l'amenaient à son appartement.

Nicolas, ravi, ronronnant, vint tout de suite s'enrouler autour de ses chevilles ; elle aimait le contact vibrant de cet animal rassurant et doux, perdu en apparence dans une réalité lointaine, mais prompt à venir s'installer en rond sur ses genoux dès qu'elle s'asseyait pour lire. Les soirées se déroulaient ainsi sans grande diversité : Naëlle nourrissait Nicolas puis se préparait rapidement quelque chose à grignoter (elle n'avait jamais vraiment appris à cuisiner... n'y avait jamais pris plaisir).

Quand elle s'était installée dans cet appartement, elle n'avait même pas songé à acheter un poste de télévision : trop d'êtres humains envahissaient déjà ses journées pour ne pas devoir, durant ses loisirs, en regarder d'autres – hôtes provisoires du petit écran – se gargariser de leur réussite à paillettes ou se complaire dans l'étalage de leurs échecs lamentables.

Non, quand elle s'asseyait dans son canapé après avoir allumé quelques bougies et brûlé un bâtonnet d'encens au cèdre rouge, Nicolas, son chat crème lové sur les genoux, c'était pour s'échapper, toujours plus loin, dans la lecture.

Depuis quelques mois, elle avait découvert avec passion l'univers de Simon Bersic. Il avait, à ce jour, publié cinq romans qu'elle avait tous lus, relevant avec plaisir les similitudes, les expressions-clés, les habitudes d'écriture.

Naëlle se livrait instinctivement à cette petite gymnastique : sa pratique des auteurs avait, à la longue, compensé le peu d'éducation qu'elle avait pu recevoir.

Durant son adolescence, sa timidité et son mutisme n'avaient pas incité ses professeurs à la stimuler. Sa scolarité s'était donc limitée à un graduat technique. Seule, avec avidité, elle avait dévoré tous les livres qui lui tombaient sous la main, ceux de l'institut puis, rapidement, tous ceux de la petite bibliothèque communale où on lui permettait d'accéder une fois par semaine.

Dès lors, elle s'était sentie bien plus à l'aise avec les écrits qu'avec les paroles.

Les bougies s'éteignirent, il était tard, elle se résolut à se coucher.

Elle retardait souvent ce moment difficile, il lui semblait toujours étrange de dormir seule.

Elle se nettoya consciencieusement le visage, contempla un moment son reflet, perplexe ; brossa ses longs cheveux blonds et s'allongea, raide, tendue, attendant ce sommeil… parfois si lent à venir.

Nicolas la rejoignit, s'enroulant nonchalamment auprès d'elle.

Quand il vient, il tire le rideau devant le lit.

On doit s'accroupir en dessous de l'évier, moi et la sœur.

Il fait froid et humide.

On entend maman pleurer et lui, lui, il fait des bruits bizarres, comme s'il grognait.

Il l'appelle Lilith, toujours Lilith... mais elle, elle nous dit que ce n'est pas son vrai nom, que jamais on ne doit l'appeler comme ça, qu'il est fou, que ce n'est pas ça la vie, qu'un jour on partira, qu'on arrivera à se sauver... qu'on doit toujours l'appeler maman...

Maman, c'est ça son vrai nom.

Nous aussi, la sœur et moi, il nous appelle par des noms qu'on déteste, on ne veut pas les entendre !

Après, quand il s'en va, elle s'endort.

Je crois qu'il nous donne des choses qui font dormir...

Je ne sais pas.

Moi, je ne dois pas dormir, je suis le veilleur.

Je dois les protéger, j'essaie du moins...

CÉLINE

Ça faisait maintenant sept jours que la neige tenait bon, des années que ce n'était plus arrivé dans cette région !

Les cristaux poudreux et scintillants continuaient à tout recouvrir ; c'était un bonheur pour les yeux et Céline ne se lassait pas de contempler le panorama immaculé qui s'offrait à sa vue au dernier étage du silo à grains de leur moulin.

Grégoire et elle avaient pris le parti de transformer ce « chancre industriel irrécupérable » (ainsi que l'avaient qualifié les différents experts mandatés par les banques lors de leurs demandes de prêts) en loft contemporain semblable à certains bâtiments branchés de Soho, mais assez incongru au milieu de la campagne brabançonne.

Ainsi le dernier étage, presque entièrement vitré, leur permettait-il d'admirer, à l'est, le parc du château voisin, au sud, la pente légère d'une colline boisée et, à l'ouest, une succession de trois étangs, attraction irrésistible pour les oiseaux aquatiques, indigènes ou migrateurs.

Comme toujours, Céline, une tasse de café à la main, pouvait se perdre de longs moments dans la contemplation de cette vue dont elle ne se lassait pas ; petite méditation tranquille, bienfaisante.

La hauteur importante de cette construction faisait culminer le dernier étage à seize mètres du sol, le regard flottait donc sur la cime des arbres, permettant de suivre de manière incomparable le vol des oiseaux : les pigeons, pies, corneilles et autre choucas des cheminées mais aussi les hérons solitaires et inquiétants, les buses tournoyant plus haut dans le ciel, les oies bernaches, bruyantes, cancanant en formation serrée de douze ou treize individus.

Certains hivers, Céline avait même pu observer des cormorans, égarés là par le froid, et faisant encore plus de rapines que les hérons dans tous les plans d'eau de la région ; sans parler des canards, oies blanches et cygnes qui vivaient là toute l'année, hôtes paisibles et sédentaires de cette campagne tranquille.

La vie, dans sa beauté sans cesse renouvelée, quelques grammes de plumes aux couleurs changeantes, une image du paradis, en tout cas pour Céline, heureuse d'avoir quitté la ville pour s'installer ici avec sa famille.

Le spectacle variait avec les saisons : le printemps donnait à chaque arbre l'occasion d'envoyer une sève nouvelle au bout de ses bourgeons, le vert tendre, acidulé, des jeunes pousses cachait peu à peu le brun grisé des branches et la course verticale des écureuils sur les troncs, tandis que les mésanges charbonnières s'activaient à préparer leurs nids ; l'été, quant à lui,

54

amenait la végétation presque à portée de main quand on se tenait sur l'énorme terrasse et qu'alors le regard n'embrassait que du vert, dans ses variantes les plus profondes ; l'automne rougissait l'ensemble en un gigantesque incendie où chaque arbre apportait sa note, flamboyante ; l'hiver, enfin, dénudant les branches, permettait au regard de se perdre loin sur les collines et dans les bois, d'y apercevoir les occupants plus farouches que seuls le froid et la faim dévoilaient : biches, renards, blaireaux et belettes ; et quand la neige noyait ce paysage sous sa cape de silence, comme aujourd'hui... tout devenait irréel et Céline, projetant loin son esprit, avait l'impression de n'avoir plus aucune présence matérielle et de voleter, légère, cristal de glace dans cet infini blanc.

— J'en ai marre ! Maman !...

Céline, brutalement arrachée à sa rêverie, reconnut la voix de Maël, son aîné.

— Basile a pris ma combinaison de ski et il prétend que c'est la sienne, viens voir, c'est n'importe quoi : elle est deux fois trop grande !

— Je le crois pas ! Deux fois, non mais je rêve, tu te prends pour qui ? Pour Hulk ? Viens voir, maman, c'est la mienne, répliqua Basile.

Ramenée à la réalité domestique, Céline rejoignit les chambres des enfants pour constater que la combinaison convoitée était en fait la sienne et retrouver après de laborieuses recherches les trois tenues de ses enfants au fond de placards éternellement en désordre.

Déjà prêt, Grégoire dégageait l'allée pour permettre aux véhicules de sortir pendant que Simon et Lucas dépoussiéraient les luges, en sommeil au fond du garage depuis des mois.

SIMON

Lucas et Simon, heureux comme ils l'avaient rarement été, descendaient à toute vitesse la pente qui aboutissait au lac.

Le but était d'arriver jusque-là car la surface gelée de l'eau, magnifique patinoire naturelle, permettait alors de continuer la course… infiniment… Enfin, presque… Peut-être, en tout cas, de glisser jusqu'au petit îlot qui ponctuait le lac en son milieu.

Quel plaisir d'en fouler le sol, inaccessible le reste de l'année !

L'autre objectif, inavouable mais assumé, était d'empêcher les autres d'y arriver !

C'était, dès lors, une succession de carambolages poudreux, d'éclats de rire et de cris de protestation ; les chances étaient en effet inégales : certains disposaient de vraies luges, modernes, rutilantes, avec freins et volant ; d'autres devaient se contenter d'anciens modèles en bois, avec patins métalliques, moins spectaculaires mais plus émouvants et tout aussi performants ; les moins chanceux se rabattaient sur des plateaux en plastique, voire des cartons pliés, éphémères, mais biodégradables !

Le bonheur concret, à portée de main, si vif et si fragile, à prendre dès qu'il passe.

Au retour, chacun s'activa, heureux de retrouver la chaleur de la maison en préparant le goûter de cette fin d'après-midi : Simon se chargeait de la pâte à crêpes ; Grégoire et Lucas dressaient la table ; Maël et Basile allumaient un feu dans la cheminée ; Céline distillait partout la lueur tremblante de bougies innombrables tandis que Méline alignait sur le tapis ses barbies « bling-bling » et ses poneys pastel, attendant la fin de cette joyeuse agitation.

Le crépuscule rosé embrasait les fenêtres de l'ouest, amenant la nuit sur cette journée parfaite.

Le ventre de maman grossit, de plus en plus fort, tous les jours.

Celui qui fait mal ne vient plus.

Je crois qu'il est fâché...

Il apporte à maman une grande plaque en pierre blanche, toute froide.

Puis, il ne vient plus.

Parfois, même, il oublie de nous donner à manger.

Heureusement, il y a de l'eau qui sort du robinet, au-dessus de l'évier, et qui coule quand on le lui demande en tournant la manette.

Quand on a trop faim, maman chante en caressant doucement son gros ventre.

Il y a les chansons du livre, « Cadet Roussel a trois cheveux, Cadet Roussel a trois cheveux, oh, oh, oh oui vraiment Cadet Roussel est bon enfant... ».

Il y a les autres, que maman a gardées dans sa tête... Celles d'avant... « On l'appelait l'hirondelle du faubourg, mais ce n'était qu'une pauvre fille d'amour et, pendant la saison printanière, une petite ouvrière. Comme tant d'autres elle aurait bien tourné, si son père, au lieu de l'abandonner, avait su protéger de son aile l'hirondelle. »

Celle-là je l'aime beaucoup et on la chante ensemble. Mais elle fait souvent pleurer maman, alors je ne la demande pas trop... Elle dit que c'était sa grand-mère qui la chantait, avant...

Ça doit être bien une grand-mère.

Il y a l'autre chanson aussi, qui parle d'un oiseau, très grand, j'ai vu les dessins, et qui me faisait peur parfois...

Celle-là parle d'un aigle noir, d'un lac, d'un diamant et de la colère dans les yeux... Celle-là je ne l'aime pas ! Je ne la chante pas.

Maman dit qu'il y a un autre bébé dans son ventre.

La sœur et moi, on est un peu jaloux.

Et puis, l'ampoule s'éteint.

Moi, je ne dors pas, je suis le veilleur.

J'écoute maman pleurer, en silence.

NAËLLE

Nouvelle journée...

Celle-ci lui parut plutôt blanche, nouveau matin, nouveau lever de soleil sur le canal. Au magasin, il y avait une surprise : Guy, le patron, avait décidé d'ouvrir un « espace-détente », comme il disait.

Il y avait là deux canapés, une table basse, une table haute, dix chaises et un bureau avec un ordinateur.

— Comme ça, dans vos temps de pause, vous aurez accès à Internet sans devoir utiliser l'ordi du magasin !

C'était gentil, et tout le monde avait applaudi.

Naëlle s'en moquait un peu : elle ne savait pas comment aller sur Internet et n'en voyait pas l'intérêt ; mais les canapés... ça c'était drôlement bien !

Chacun retourna à son boulot, heureux de cette nouvelle amélioration de ses conditions de travail.

À midi, Naëlle sortit acheter de quoi manger et revint avec l'espoir de pouvoir continuer sa lecture confortablement installée dans l'un des fauteuils.

Christophe, le nouveau chauffeur-livreur, était déjà là, visionnant des clips musicaux sur YouTube.

Ravi de la venue de Naëlle, le jeune homme la dévorait des yeux, alors qu'elle tentait de faire abstraction de sa présence, un sandwich dans la main gauche et son livre dans la droite.

— Tu as besoin de l'ordi, Naëlle ?

— Non merci.

— La musique ne te dérange pas ?

— Ça va.

— Tu préfères MySpace ?

— Je ne sais pas ce que c'est.

— Qu'est-ce que tu lis ?

Naëlle comprit qu'il était inutile de s'obstiner et referma son livre, concentrée sur une rondelle de tomate tentant obstinément de quitter la tranche de jambon qu'on lui avait assignée comme compagne.

— Tu n'as pas envie de parler ?

Elle se contenta de lever les yeux de son livre.

— Tu sais, tu es bizarre comme fille... Je suis nouveau ici, mais je peux te dire que tout le monde se pose des questions à ton sujet !

— Il n'y a pas de raison...

— Il y en a plein : une belle fille comme toi, qui ne dit jamais un mot, toujours toute seule, les yeux baissés... en plus, ça n'a pas l'air d'une tactique ! Tu sais, genre... euh... celle qui se la joue mystérieuse, qui regarde le sol pour avoir l'air timide, qui ne dit rien pour ne pas paraître idiote, tu vois ce que je veux dire ?

— Non, pas bien.

— D'accord, j'arrête !

Le jeune homme fit de gros efforts pour se taire durant quelques minutes mais ne put s'empêcher d'enchaîner :

— Tu aimes lire ?

— …

— Moi, je crois que je n'ai jamais réussi à finir un seul bouquin !

— Ce n'est pas grave, moi, je ne sais pas me servir d'un ordinateur.

— Tu veux que je t'apprenne ? Et toi, tu me fileras de la lecture.

— Euh… je ne sais pas trop… je n'ai pas l'habitude de…

— Ne t'inquiète pas, je suis un mec sympa ; et puis, comme ça, si tu restes un peu assise à côté, je peux oublier que tu fais une tête de plus que moi ! Ah ah… C'est bien, tu vois que tu peux arriver à sourire !

Et cette pause déjeuner fila bien plus vite que Naëlle ne l'aurait cru ; elle comprit pourquoi ce matin la journée lui avait paru blanche : blanche comme la page vierge d'une nouvelle histoire…

SIMON

Le lundi matin était parfois pénible : Lucas rechi-
gnait à se lever pour se rendre au collège et Simon
éprouvait certaines difficultés avec la solitude qui
régnait dans son splendide appartement et contrastait
douloureusement avec le joyeux charivari habituel
des week-ends chez Grégoire et Céline.

Convaincu qu'il n'arriverait pas à écrire aujour-
d'hui, il décida de répondre aux nombreux mails
restés en souffrance depuis quelques jours dans sa
boîte à messages.

Rien de bien nouveau : des demandes d'auto-
graphes, de dédicaces particulières ; un salon littéraire
à Francfort où il était censé assurer la promotion de
son dernier roman le mois prochain ; un après-midi
de rencontre avec des lecteurs et des étudiants en
lettres à la librairie Tropismes... Il prit un soin particulier à répondre immédiatement à ce dernier mail :
cette librairie à la magnifique architecture Art déco,

nichée au centre-ville dans la galerie des Princes, l'avait en effet séduit dès son arrivée à Bruxelles.

Ces galeries communicantes, celle de la Reine et celle des Princes, recouvertes d'une splendide verrière, rendaient supportables les pires après-midi pluvieux ; les bouquinistes, bijoutiers prestigieux, chocolatiers, maroquiniers de luxe et brasseries traditionnelles s'égrenaient tout le long du passage, charriant des parfums de ce siècle passé durant lequel Victor Horta régnait en maître sur la ville et son architecture. Simon flânait régulièrement dans ce passage, respirant son odeur surannée avant de prendre une bière en terrasse, au Mokaffé.

Simon allait rédiger un message à son ami Marc, le dynamique propriétaire de Filigranes, irrésistible centre d'attraction pour les bibliophiles et les gourmets du haut de la ville, quand lui arriva un curieux message :

« Quand les journées se meurent,
vous, mon rêve, ma vie,
à travers le miroir, chaque soir, chaque soir... »

Il s'apprêtait à l'effacer, ne supportant pas les correspondants anonymes, quand son doigt s'arrêta : ces trois petites lignes ne ressemblaient en rien à ce qu'il recevait habituellement... Pas de présentation flatteuse, de demande incongrue ni de remerciements disproportionnés.

À première vue, on aurait pu croire à un haïku, mais ça n'en avait pas la structure extrêmement codifiée. En tercet de 5, 7 et 5 syllabes.

Simon s'était passionné récemment pour cette forme de poésie dont les Anglais s'entichaient au début du XXe siècle ; il en avait même émaillé son dernier roman.

Une fois de plus, embarqué dans sa marotte du moment, son esprit volatil l'entraîna bien loin du court poème ; il avait toujours fonctionné comme ça : par passions simultanées, il pouvait penser trois choses à la fois avec intensité, déconcertant souvent ses interlocuteurs qui croyaient, à tort, ne pas l'intéresser.

Il arrêta cependant ses divagations linguistiques et revint vers l'étrange poème.

Son auteur avait probablement voulu établir une complicité privilégiée par le biais de cette petite forme littéraire, mais pourquoi rester aussi obscur ?

L'adresse mail était celle d'une société et ce type de message ne demandait pas vraiment de réponse... À ce moment la sonnerie du parlophone retentit : c'était Lucas.

— Un bowling ?

Simon attrapa un blouson et descendit : les occasions de passer du temps avec son fils se faisaient de plus en plus rares et, après tout, ce poème pas très réussi ne justifiait pas qu'on s'y arrête plus longtemps.

Maintenant, le ventre de maman est si gros qu'on a peur, la sœur et moi, de le voir éclater.

Maman gémit doucement...

Elle a mal, ça se voit qu'elle a mal !

Un moment après, elle pleure et respire très vite, très fort.

Elle dit à la sœur : « Tu sais ce que tu dois faire, tu prends le bébé quand il sort et tu le mets sur la plaque blanche ; n'aie pas peur, après il s'endormira, doucement, il n'aura pas mal, et l'autre viendra le chercher ! »

Alors, on attend.

La sœur, elle sait mieux que moi ce qu'il faut faire.

Elle était là avant moi, elle a déjà fait cette chose avec un bébé.

Un autre bébé, enfin je crois.

On attend encore… Maman se met à crier : un grand bruit comme jamais je n'en ai entendu et qui a l'air de ne jamais devoir finir…

Elle crie encore, elle crie.

En même temps, du sang coule entre ses jambes.

Puis quelque chose glisse par terre, un petit paquet tout gluant.

La sœur le prend pour le poser sur la plaque…

Je ferme les yeux !

CÉLINE

Ce soir-là, au moment du coucher, Méline, sa fille, l'avait retenue par le cou pour un dernier baiser, un dernier câlin, et lui avait glissé à l'oreille : « Maman, tu sens bon comme un arc-en-ciel après la pluie ! »

Céline était sortie sans bruit de la chambre pour que la petite ne voie pas les larmes de tendresse couler le long de ses joues ; voir ses enfants grandir chaque jour était pour elle un bonheur intense ; elle savourait chacun de ces moments de joie, tellement consciente de leur fragilité.

La vie avait été généreuse avec elle, une enfance sans problème, des études agréables, un métier qui lui plaisait, un mari magnifique et compréhensif : après vingt ans de vie commune, il semblait la désirer comme au premier jour malgré ces chemins de la vie qui commençaient à s'inscrire sur son corps, autour de ses yeux, sur ses mains.

Elle prenait soin de ce bonheur susceptible de s'évanouir du jour au lendemain ; soucieuse de trans-mettre à ses enfants cette chose tellement précieuse qu'est le goût de la vie, du bonheur et de toutes ces petites choses insignifiantes qui le rendent possible au quotidien : le plaisir d'un repas partagé, d'un jeu de société au coin du feu, d'une balade en forêt, d'une discussion entre amis qui se prolonge tard dans la nuit, à la lueur des bougies... Plaisirs si fugaces, si importants.

Céline rejoignit Grégoire dans leur lit, heureuse, épanouie, prenant sa place coutumière, la tête posée au creux de son épaule, la jambe droite légère sur le sexe de son amant qui durcit instantanément à son contact.

Quand j'ouvre les yeux, les cris sont finis.

Le petit paquet gluant ne bouge plus sur la plaque froide, toute rouge maintenant.

Maman ne bouge plus non plus, ne crie plus, non plus.

Juste le sang rouge, rouge qui coule vers moi, comme si jamais il n'allait s'arrêter.

Et la sœur retourne sous l'évier… et je vais près d'elle, et on attend que l'autre vienne.

Peut-être… ou peut-être pas.

Du temps, du temps passe.
Combien, je ne sais pas.
La lumière reste tout le temps allumée.
Il a oublié de l'éteindre.

Alors, où sont les jours, où sont les nuits ?

On ferme les yeux pour ne plus voir tout ça.

Après un moment, maman ne bouge toujours pas.

Le petit paquet non plus.

Ça commence à sentir une drôle d'odeur… pas jolie.

NAËLLE

Naëlle avait choisi de s'installer ici deux ans plus tôt, dans la vie bruissante de ce quartier populaire.

Un de ses éducateurs lui avait permis de reprendre son bail locatif à loyer modéré et d'occuper ainsi cet appartement, petit, mais idéalement situé dans un immeuble du parvis de Saint-Gilles.

De la fenêtre de son salon, elle apercevait la brasserie Verschuren à côté de l'église ; elle aimait traverser la place et y aller après le travail.

Depuis 1935, cet endroit chaleureux et simple rassemblait les habitants de ce quartier aux destins croisés : commune assez bourgeoise au départ, elle était devenue très populaire après les années 1960 et commençait à connaître la même expansion que le quartier du Châtelain, un peu plus haut sur la chaussée de Waterloo.

Une majorité d'artistes occupait toujours les lieux mais ici comme ailleurs l'arrivée des fonctionnaires européens et la proximité de la gare du Midi, plaque tournante des transports internationaux, avaient fait grimper les prix de l'immobilier et déserter les habitants du cru pour accueillir les bobos, nouveaux bourgeois citadins.

Ce coin restait néanmoins sympathique et ouvert aux différences avec son petit marché quotidien et ses bistrots sans prétention.

Naëlle remit donc son blouson, caressa Nicolas contrarié par son départ et descendit les escaliers quatre à quatre, elle se sentait légère.

Les choses s'alignaient dans une perspective plus juste ; ces derniers jours avaient été inhabituels… comme si des verrous sautaient, les uns après les autres.

Le déjeuner avec Céline, la rencontre avec Christophe au boulot, et tout cet univers informatique qu'il était en train de lui révéler… tout ça lui plaisait et c'était la première fois qu'elle ressentait du plaisir à côtoyer d'autres personnes, ce sentiment était tellement nouveau pour elle qu'elle se mit à sourire en traversant le parvis.

Quand elle entra dans la brasserie, Jean-Jacques, le serveur, la salua d'un hochement de tête complice ; elle s'assit à sa place coutumière, à gauche de l'entrée, près de la vitre, et commanda la soupe du jour et une tourte aux légumes.

De là, suffisamment à l'écart pour ne pas être importunée, elle pouvait observer ceux qui marchaient sur le parvis rendu brillant par le petit crachin qui tombait à présent.

Pour la première fois, elle n'avait pas emporté de livre, prête à regarder le monde sans cet habituel rempart de papier.

Elle vit des amoureux qui couraient s'abriter sous un porche pour s'embrasser à perdre haleine... Elle trouvait ça si beau, ne parvenait pas à en détacher le regard... lui, entre deux baisers, dégageait d'un geste doux les cheveux du visage mouillé de la jeune fille ; elle, tendre, souriait, baissait les paupières, avançait imperceptiblement les lèvres en attendant la prochaine étreinte.

Jean-Jacques lui apporta sa soupe dans un grand bol fumant, elle comprit alors combien son observation avait pu être indiscrète et s'appliqua donc à fixer consciencieusement les volutes blanches, arabesques volatiles au fumet de carotte et potiron qui s'élevaient du liquide brûlant.

Les clients allaient et venaient en ouvrant la porte vitrée incurvée quand Naëlle remarqua l'affichette qui y était apposée : un petit garçon avait disparu deux jours plus tôt et son visage triangulaire semblait questionner ceux qui croisaient son image.

Ce reflet l'effraya, elle termina rapidement son repas et courut rejoindre Nicolas dans la douce quiétude de son trois-pièces.

Là, après avoir allumé quelques bougies, parfumé la pièce à l'encens et repris sa place préférée dans le petit canapé en coton beige, Nicolas sur les genoux et un livre à la main, retrouvant un peu de sérénité elle se plongea dans la lecture.

Après lui avoir fait quelques infidélités en voyageant dans l'univers abyssal de Murakami, puis en traversant les délires fascinants de Tom Robbins, elle avait décidé de reprendre la lecture des romans de Simon Bersic dans l'ordre chronologique, elle entama donc pour la deuxième fois son premier roman, celui qui l'avait rendu célèbre : *L'Endormie*.

On reste là si longtemps.

Et l'autre, avec sa voix lourde et son odeur grave, ne vient pas.

Il n'y a plus rien à manger.

La sœur et moi, on n'ose plus aller près de maman, parce que la chose, là, au milieu du sang séché qui est devenu noir... la chose là n'est plus maman.

On est seuls, maintenant, la sœur et moi...

Elle essaye de me chanter les chansons, les mêmes chansons, mais ça ne marche pas.

On a faim.

Ça sent trop bizarre.

On s'endort pourtant.

SIMON

Quand les journées étaient agréables, l'inspiration ne venait pas, et c'était insupportable !

Toute cette fumisterie autour des artistes torturés et de leurs crises existentielles, prémices à toute création, l'agaçait… Pourtant il devait bien constater que depuis quelques mois la source semblait se tarir.

Lui qui s'était toujours positionné en artisan plus qu'en artiste, prenait, depuis quelques semaines, bien plus de plaisir à sortir avec son fils qu'à passer des heures devant un ordinateur lamentablement muet.

Il supposa qu'il était donc dans une période de transition, enfila un jogging pour aérer ses neurones grâce à quelques tours du lac au cœur du bois de la Cambre.

Simon, dans toutes les villes traversées, avait toujours aimé ces espaces verts, poumons des cités où l'on respirait différemment, entre joggers et promeneurs, pousseurs de chiens ou de poussettes.

Les rencontres y semblaient plus faciles en dehors du champ social et il adorait regarder les gens évoluer dans ces petits coins de nature préservée.

En effectuant son dernier tour du lac, il croisa pour la quatrième fois une jeune maman dévorant des yeux son bébé endormi ; un vieux monsieur qui ne ferait sans doute pas un tour complet mais qui, au moins, était là avec son chapeau, son pardessus et sa canne, regardant, rêveur, les oiseaux dans les arbres, essayant d'identifier leurs chants ; deux ados audacieux, cabrant leurs VTT entre chaque obstacle ; un petit garçon juché, tremblant, sur des rollers multicolores, accroché aux bras de ses parents, riant de ses premières glissades malhabiles.

Simon s'assit, essoufflé sur l'un de ces bancs-à-parlotte qui rythment le parcours.

Observer ces vies en devenir, les imaginer ailleurs, après, autrement, c'était devenu un réflexe, une façon d'établir une sorte de « banque de données » où il irait, plus tard, chercher le terreau nécessaire à ses univers romanesques.

Mais en réalité, il aurait nettement préféré être un de ces pères attentifs, surveillant les premiers pas de son enfant, la main posée sur l'épaule d'une compagne avec qui envisager l'avenir.

Ils avaient espéré, Meryl et lui, pouvoir fonder une famille nombreuse et regarder passer les années, sereins... mais la vie en avait décidé autrement, il n'était pas certain d'en avoir vraiment fait son deuil ; même après toutes ces années, même après toutes ces aventures sans lendemain ; peut-être justement à cause d'elles.

Chaque rencontre lui rappelait douloureusement ce qu'il avait perdu ; non, les êtres n'étaient pas interchangeables, et une histoire n'en valait pas une autre !

Quelle alchimie compliquée devait opérer pour que deux corps se reconnaissent, pour que deux vies veuillent se souder ?

Heureusement, il y avait Lucas, leurs rapports se modifiaient, une complicité nouvelle s'établissait entre eux, faite de confidences entre deux échanges au tennis, d'une discussion au retour d'une soirée.

Moments bénis qui permettaient à Simon d'entrevoir l'homme épatant que son fils était en train de devenir, et il en était fier et heureux.

Grégoire, Céline et leurs enfants animaient son quotidien, lui offraient l'illusion d'une vraie famille avec, au gré des saisons, les repas traditionnels, les week-ends à la mer du Nord ou à la campagne, les petits soucis partagés et résolus ensemble.

Après toutes ces années d'amitié indéfectible, Simon les voyait comme un frère et une sœur d'élection, références inébranlables dans cet univers désagréablement mouvant.

Ces réflexions, l'esprit perdu dans les eaux miroitantes du lac, lui rappelèrent le rendez-vous qu'ils avaient ce vendredi soir dans un club, la Jazz Station, et occultèrent la charmante jeune femme assise à côté de lui, qui tentait en vain d'attirer son attention.

Simon avait du charme, il le savait et ce n'était pas dû à sa notoriété : son visage était, finalement, peu connu ; ici, en Belgique, on était bien loin du star système ; les quelques personnes qui l'abordaient parfois le faisaient avec respect et gentillesse... C'était une des raisons (mis à part la présence de ses amis dans cette ville) pour lesquelles il s'était réellement fixé dans ce pays ; ajoutons à ça une qualité de vie agréable pour une capitale et des dispositions fiscales relativement intéressantes ; le tout l'avait incité, depuis plus de six ans, à demeurer là, satisfait de sa vie... dans l'ensemble.

Il se leva pour effectuer quelques étirements, c'est alors qu'il vit l'affichette apposée sur un tronc d'arbre : un jeune garçon avait disparu deux jours plus tôt dans une commune voisine.

Ce petit visage triangulaire aux yeux interrogatifs le hanta encore longtemps alors que, douché et rasé de près, il roulait dans sa somptueuse voiture vers la Jazz Station et la soirée chaleureuse qui s'y annonçait.

On entend des bruits au-dessus de nos têtes.

Pas les mêmes que d'habitude.

On se tait, pour pas qu'on nous trouve.

L'autre a dit qu'on ne pouvait pas faire de bruit, jamais !

Mais les coups sont là, de plus en plus.

Quelqu'un frappe dans les murs.

Quelqu'un cogne partout.

Nous, on se tait.

La sœur tremble.

Je la prends dans mes bras.

CÉLINE

Confortablement installée dans un large fauteuil rescapé des années 1950, Céline écoutait son ami Jean chanter.

Les soirées passées dans ce club étaient toujours agréables : la musique était bonne, le cadre soigné, rouge et sombre, dédié au jazz.

Jean, cheveux blonds et voix de crooner, passait en revue quelques grands standards, tandis que ses doigts, agiles, caressaient avec vigueur les cordes de sa contrebasse.

Céline aimait regarder Grégoire et Simon discuter pendant des heures d'architecture, de littérature, d'écologie ou de politique ; ils n'étaient pas toujours d'accord, mais aimaient palabrer ainsi, un verre à la main.

Profitant d'une pause entre deux morceaux, Jean les rejoignit parmi les spectateurs et on commanda une nouvelle bouteille de vin.

Céline se sentait bien, légèrement engourdie par les vapeurs d'alcool et la chaleur du lieu, elle considérait ces trois hommes assis face à elle, rangeant sans conteste ce moment parmi les cadeaux de la vie, instants précieux et uniques, soigneusement glissés dans un coin de son cœur et de sa mémoire.

Aussi loin qu'elle remonte, elle avait toujours eu ce sentiment aigu de la beauté et de la fragilité de l'instant, voulant à toute force profiter de chaque plaisir de la vie.

S'extrayant un peu de la conversation, un sourire flottant sur son joli visage, elle contempla son mari... Il n'avait pas changé, ou si peu, depuis leur rencontre où sa beauté, spectaculaire, l'avait presque effrayée (c'était toujours un très bel homme, quelques fils gris parsemaient à présent ses cheveux noirs et drus, lui donnant un charme plus viril, plus rassurant). Il était grand, svelte, athlétique ; et le regarder étendu sur leur lit, se savonner sous la douche ou courir sur la plage restait toujours pour Céline un spectacle émouvant, sensuel.

Perdue dans ses pensées, elle avait à peine remarqué que Simon venait de lui resservir un verre ; lui non plus ne manquait pas de charme !

Elle se dit avec jubilation que bien des femmes devaient l'envier, ainsi entourée de trois hommes plaisants et d'agréable compagnie ! Oui, décidément, ce moment était unique... comme tous les autres !

Longtemps après.

Combien après ?

La porte… celle qui s'ouvre quand l'autre vient… s'ouvre.

Des autres entrent.

Ils sont bizarres, avec des lumières qu'ils tiennent dans leurs mains.

Ils crient : « Par ici, par ici ! »

Ils ont l'air très énervés.

Des autres, ailleurs, crient aussi.

Quand ils voient maman au milieu, avec le petit paquet tout noir, le premier dit : « Oh, mon Dieu ! »

Les autres, après, disent des « C'est pas possible ! »… et des « Qu'est-ce qui s'est passé ici ? ».

Puis, ils nous voient, la sœur et moi, sous l'évier.

Ils veulent nous prendre dans leurs bras.

Ils disent que tout va bien, maintenant, qu'il ne faut plus avoir peur.

Je ne veux pas qu'ils me prennent... qu'ils m'emmènent loin de maman... qu'ils me fassent mal, comme l'autre, profond, profond.

Je crie, comme maman quand le paquet est sorti de son ventre, plus fort encore, accroché aux tuyaux sous l'évier.

La sœur, elle, elle ne bouge plus, assise dans le sang tout noir, tout dur de maman, elle se balance doucement en tenant ses jambes entre ses bras.

Je veux la prendre, l'accrocher avec moi aux tuyaux, sous l'évier, pour la protéger des autres...

Ils se disent entre eux des choses de téléphone et de chiffres... et à nous ils répètent de ne pas avoir peur...

Alors, avec du gentil dans son sourire et de l'horreur dans le regard, le plus grand m'attrape et me soulève dans ses bras...

Il me tient serré, serré.

J'essaye de me sauver, pas moyen...

Il est plus fort que maman, plus fort que l'autre.

86

Me tenant fort, serré dans ses bras, il me fait passer la porte…

Jamais je n'ai été là.

Jamais je n'ai vu l'autre côté de la porte.

J'ai peur…

Lumière, partout, comme plein d'ampoules allumées en même temps…

C'est grand, on voit loin, le regard ne s'arrête pas, ne se cogne pas.

Quelque chose de léger, de frais me caresse le visage, et qui sent joli et doux.

Trop à la fois, je ne sais pas…

Et tous les autres qui sont là… et encore des autres… avec plein de bruits et de cris et qui veulent nous toucher, pour voir si on va bien… qu'ils disent…

Mais on ne va pas bien !

Ils ont laissé maman de l'autre côté de la porte, avec quelque chose sur elle, froid et brillant et qui cache son visage, et sur le petit paquet gluant aussi, lui qui est devenu tout sec et tout sombre, à force…

Puis, après, je ne sais pas.

Je n'ai plus la force.

Je sens que je pars.

C'est le noir…

III

*… comme le claquement
de pas dans les longs couloirs de bâtiments
administratifs…*

Compte rendu du procès verbal N 423.
Rapport relatif au dossier « Jonasson ».
Rapporteur : lieutenant Massart.
Troisième division, en charge des affaires
courantes.

Ce vendredi 17 mai 1996, suite à des plaintes
réitérées du voisinage concernant le domicile de M. Armand Jonasson, sis au 112, rue
de l'Égouttoir, nous avons dépêché une bri-
gade sur place qui n'a obtenu aucune réponse
et a donc fait un appel pour intervention
technique à la caserne des pompiers réfé-
rente.

Les voisins se plaignaient de cris (plusieurs plaintes avaient déjà été enregistrées à ce propos en décembre 95, mai 92 et
avril 90… restées sans suite après audition
de M. Jonasson et visite de routine sans
résultat au domicile par le gendarme Porin)
ainsi que d'une odeur pestilentielle
s'échappant du soupirail de la maison.

Les pompiers, dépêchés sur place, ont pratiqué une ouverture de porte (*cf*. rapport d'intervention technique du sapeur-pompier Millaud, matricule 312, en annexe).

Après avoir fouillé toute la maison, apparemment inoccupée, sondé les murs et les sols, les sapeurs ont finalement détecté, guidés par l'odeur morbide qui s'en échappait, une « cache » dissimulée derrière des étagères au sous-sol, dans laquelle ils ont trouvé le cadavre d'une femme et de son bébé.

La femme, âgée d'une trentaine d'années, est morte, selon toute probabilité, d'une hémorragie lors de l'accouchement.

Dans la pièce de plus ou moins 16 mètres carrés, comprenant 2 lits, 1 lavabo, 1 WC, 1 table et 3 chaises, ont également été trouvés deux enfants, cachés sous l'évier.

Les enfants, visiblement en état de choc, une fille et un garçon âgés approximativement de 12 et 8 ans, ont été confiés aux ambulanciers qui les ont emmenés au CHU de Molenbeek.

À ce jour, nous sommes sans nouvelles des propriétaires de la maison, M. Armand Jonasson, 55 ans, et son épouse, Lyne Jonasson, 54 ans ; des avis de recherche sont lancés dans tout le pays.

Dossier transmis au parquet pour l'enquête judiciaire ainsi qu'au juge de la jeunesse.

RAPPORT D'INTERVENTION TECHNIQUE

Ouverture de porte

Ce vendredi 17 mai 1996, sur base d'un appel
100, nous nous sommes rendus, à 13 h 45, le
sapeur-pompier Thomas et moi, au 112, rue de
l'Égouttoir, pour effectuer une ouverture
de porte.

Nous avons rapidement jugé que la situation
requérait la présence d'un gradé et en avons
donc fait référence à la caserne.

Sapeur-pompier Millaud, matricule 312

Suite au rapport du sapeur Millaud, ce
17 mai 1996 à 14 h 03, je me suis immédiatement rendu sur place et ai contacté le SAMU
afin qu'ils dépêchent une équipe médicale
pour confirmer le décès de la femme et du bébé
trouvés sur les lieux.

La rigidité cadavérique et la présence
d'hématomes au niveau des fesses et des omoplates ne laissant aucun doute quant à la
mort effective des personnes, nous n'avons
effectué aucune tentative de réanimation en
attendant les ambulances et l'équipe médicale.

Un bilan de santé primaire des deux enfants
présents n'ayant révélé aucun traumatisme
physique important, si ce n'est une évidente
dénutrition, ils ont été confiés pour examen
plus complet à l'équipe médicale (*cf*. rap-

port d'intervention, ambulancier Germeau AMU 45-987) qui les a transportés en ambulance au CHU le plus proche.

Les deux corps ont, eux, été immédiatement emmenés à la morgue, sous sacs plastique pour autopsie selon demande du parquet.

Lieutenant pompier Durez matricule 638

À l'attention de Madame Cornez,
directrice de la maison d'accueil
« Le Refuge ».

Chère Madame Cornez,

Lorsque ces deux enfants sont arrivés chez
nous, au service pédopsychiatrique, envoyés
par le juge de la jeunesse dépêché par le parquet, ils présentaient une attitude prostrée
et mutique consécutive aux traumatismes
importants subis.

Dans un premier temps, nous les avons donc
placés sous anxiolytiques légers (benzo-
diazépine-alprazolam 2 mg), mais comme
les bouffées délirantes et paranoïdes ne
cessaient pas (hallucinations, replis),
nous avons eu une suspicion de psychose et
administré, par conséquent, en antipsycho-
tique, du Risperdal en quatre doses journa-
lières de 0,5 mg.

L'aînée a répondu assez favorablement au
traitement et a donc pu, trois semaines plus
tard, être admise en maison d'accueil (elle

est, pour le moment, à l'institut Dermont de Braine-l'Alleud) ; le deuxième enfant, plus sévèrement traumatisé (*cf.* rapport médical en annexe), devra peut-être se voir transféré en SAAE si aucune amélioration n'est constatée et si nous établissons qu'il présente un danger réel pour les autres ou pour lui-même.

Je pense qu'il serait préférable, pour la suite de leurs traitements, de séparer ces deux enfants, et envisage donc de transférer le plus jeune dans votre établissement dès que son état le permettra et si vous disposez à ce moment-là d'une place pour l'accueillir.

D'ici là, je vous envoie, chère Madame Cornez, mes meilleures salutations,

Docteur Romgal,
Chef de service
Pédopsychiatrie,
CHU, Molenbeek.

Ils me regardent partout.

Ils me lavent dans plein d'eau.

Ils regardent partout sur mon corps avec de drôles d'appareils.

Je n'aime pas…

Puis, ils disent qu'il faut dormir, dormir.

Longtemps après, combien, je ne sais pas, je me réveille.

Je garde les yeux fermés… Il y a des autres à côté de moi et je ne veux pas les voir.

Ils parlent de moi, de la sœur, de l'abomination que c'était, comme ils disent :

— Maintenant que leur mère est morte, il faut qu'ils soient pris en charge !

— Les pouvoirs publics vont devoir s'en occuper, le ministère des Affaires sociales ou de la Santé publique, j'en sais rien, ça, c'est le problème du juge ! Pour l'aînée, les choses seront moins compliquées, elle pourra rapidement être accueillie dans un service d'aide éducative... Pour l'autre, c'est moins évident !

— Et le grand-père ?

— En fuite, apparemment, avec sa femme ; on n'a pas tous les détails.

Je garde les yeux fermés toujours, toujours.

Je ne veux pas les voir, pas parler.

Ils ont compris que je ne dors plus.

Alors, un autre, un que j'ai déjà entendu plusieurs fois et qui a une voix que tout le monde écoute, dit plein de mots que je ne comprends pas, avec : psychiatric... prise en charge intensive... centre de réadaptation fonctionnelle...

Après, ils ne m'embêtent plus.

Ils ne viennent plus.

Je dors tout le temps.

Je crois qu'ils me donnent des choses pour que je dorme...

Et après, et après... je ne sais plus.

Je crois qu'ils m'emmènent ailleurs.

À l'attention du docteur Romgal

Cher Monsieur,

Notre centre et son équipe hautement spécialisée (médecins, infirmiers, kinésithérapeutes, logopèdes, psychologues, psychomotriciens, ergothérapeutes, assistants sociaux) offrent à nos pensionnaires une prise en charge thérapeutique des troubles cognitifs multiples associés ou non à des troubles psychoaffectifs, comportementaux ou sociaux.

Nous leur permettons évidemment l'accès à une scolarisation parallèle de type 5, dans le cadre d'un programme de réadaptation pluridisciplinaire.

Ils bénéficient en outre d'ateliers divers de psychomotricité : vidéo-miroir ; hippothérapie ; ateliers préprofessionnels (bureau, menuiserie, jardinage...).

L'infrastructure neurophysiologique importante dont nous disposons nous permet de pratiquer les examens nécessaires au diagnostic et à l'évaluation des pathologies : EEG (électro-encéphalogramme) ; étude du sommeil ; EMG (électromyographie) ; mapping ; magnéto-stimulation ; étude des temps de réaction sous contrôle EEG, etc.

J'espère que ces précisions vous rassureront sur les capacités de notre centre à gérer le cas dont vous me parliez dans votre précédent courrier.

Il est évident que l'aspect très particulier de cette affaire retiendra toute notre attention, et que nous procéderons au mieux dans l'intérêt de l'enfant.

Bien à vous,
Janine Cornez,
directrice du « Refuge »,
maison d'accueil agréée OCHT.

Ici, c'est mieux.

Mais je suis tout seul.

Ils ont pris la sœur.

Elle n'est pas avec moi.

Je ne sais pas où elle est...

Ici, c'est blanc et propre et ça sent bon.

Il y a un mur qui n'est pas un mur, on peut voir à travers.

C'est incroyable ce que je vois derrière ce mur... du grand, qui va loin, loin, parfois bleu, parfois gris, parfois noir.

Je crois que c'est ça... le jour et la nuit... Maman nous racontait que c'était ça le jour et la nuit.

Ce qui est joli, c'est que dans le noir il y a encore des petites choses qui brillent.

C'est bien, ça c'est bien.

Mais ce qui me rend triste, c'est que je suis tout seul.

Je n'ai jamais été tout seul.

Alors je ne sais pas dormir.

Où est-ce qu'ils ont mis la sœur ?

Je me mets par terre sous l'évier.

J'attends.

Parfois, une autre vient, pas une maman, mais comme une maman, toute blanche, avec une voix toute gentille, et elle me donne à manger.

Parfois, c'est un... un comme l'autre, et je n'aime pas... Il ne me donne pas à manger et il pose plein de questions, il croit que je ne l'entends pas, il croit que je ne le comprends pas... mais en vrai, j'entends tout : « Les troubles du comportement, la sévérité des facteurs de stress psychosociaux, associés à la pathologie mentale, aggravent l'inadaptation et nécessitent une prise en charge intensive en hôpital psychiatrique, puis en centre de réadaptation fonctionnelle », qu'il dit.

J'entends tout.
J'entends tout !

Maintenant, ils disent que je dois parler, que je peux parler et répondre aux questions… sinon, si je ne le fais pas, ils ne me donnent plus à manger.

Ça m'est égal.
Je n'ai pas besoin de manger !

Mais aujourd'hui, je parle, je ne le fais pas exprès : je dis « merci » à la dame blanche qui me chante une chanson quand je ne sais pas dormir… Alors, elle court derrière la porte en criant : « Il a parlé, il a parlé. »

Parce qu'ici aussi, il y a une porte.
Ici aussi, je ne peux pas aller voir derrière.
Elle est toujours fermée.
Mais il y a le mur de verre, la fenêtre, qu'ils disent, qui montre les choses.
Parfois je vois des autres qui passent.
Ils marchent, eux, ceux qui peuvent aller derrière la porte.
Ils ont l'air bien.

NAËLLE

Ce soir-là, dans le métro, les choses ne se passèrent pas comme à l'accoutumée.

Naëlle lisait, peu concernée par ce qui l'entourait, et était presque arrivée à destination quand le sentiment d'être observée lui fit relever la tête.

Et elle vit cet homme.

Et elle vit combien il la regardait.

Et, contrairement à son habitude, elle ne s'enfuit pas, ne baissa pas les yeux.

À quelques mètres, debout, se tenant à la barre de soutien, élégant, grand, il la regardait avec intensité et – cela l'intrigua – avec bienveillance.

Elle remarqua la main large, les doigts longs et beaux, la naissance du poignet, avec le réseau de veines qui courent le long du bras, elle ne put en détacher son regard. Elle aurait voulu toucher ce poignet, parcourir ce chemin de vie qui pulse vers le cœur, si rassurant... Elle savait bien qu'elle ne le ferait pas, que jamais elle ne pourrait faire ça !

Elle croyait que jamais elle ne pourrait entrer ainsi dans le périmètre intime d'un autre ; néanmoins, elle continuait à le regarder, comme aspirée ; les yeux noirs, profonds, le front large, légèrement dégarni, la peau piquetée de taches de rousseur, le sourire timide... tout s'imprimait en elle, au plus profond. Temps suspendu, infime et infini.

Station Jacques Brel, elle sauta sur le quai, s'enfuit, ne cessa de courir qu'une fois arrivée dans son appartement, ne prit pas la peine d'allumer, s'effondra en pleurs sur le plancher.

Nicolas, immédiatement, vint noyer en ronronnant sa mâchoire triangulaire dans la chevelure tant aimée de celle qui constituait tout son univers... Comme toujours, la lente et vibrante respiration du chat ramena Naëlle au calme.

Elle se dirigea vers la salle de bains, fit longuement ruisseler l'eau glacée sur son visage, évitant de croiser son image dans le miroir.

Arrivée au milieu de sa jeunesse, la vie lui semblait informe, élastique, sans but, sans repères.

Pourquoi se lever le matin ?

Pour Nicolas ?

Ce chat était la seule créature à occuper une véritable place dans sa vie.

Elle se sentait comme un coquillage, fermé à l'extérieur, apparemment solide mais sans colonne vertébrale interne, soutenue seulement par les obligations, les petits gestes quotidiens qui nous forcent à nous tenir debout : se lever, se laver, s'habiller, faire la vaisselle, ouvrir le courrier, payer les factures.

Est-ce que c'est ça qui fait qu'on continue à vivre, à se lever le matin ?

106

Heureusement, il y avait Nicolas, heureusement, il y avait la lecture et Simon Bersic... et depuis ce soir, le regard de cet homme dans le métro... elle ne le connaissait pas et pourtant il lui semblait tellement familier ; pourquoi n'avait-elle pas pu réagir normalement et lui sourire, pourquoi s'était-elle enfuie ?

Trop tard !

Trop tard... Elle avait l'impression confuse que cet inconnu avait entre ses bras à lui un peu de sa vie à elle ; cette vie qui n'avait pas encore commencé... et maintenant il était trop tard !

Un jour, une autre dame vient.

Je crois qu'elle vient parce que je ne veux toujours pas parler avec l'autre, celui qui pose des questions et note plein de choses dans son cahier.

Elle, elle n'a pas de cahier.

Elle a un livre dans les mains.

C'est le livre de maman, celui qu'elle nous lisait là-bas, de l'autre côté...

Tout de suite, je reconnais la couverture, tout abîmée ; et les feuilles qui s'en vont... mais on les remettait toujours bien à leur place, la sœur et moi.

Où ils l'ont mise, la sœur ?

Je sais lire des mots dans ce livre-là.

Le livre de maman.

Maman aussi, elle a appris les mots de ce livre-là, quand elle était petite comme moi ;

alors, elle nous les apprenait, à la sœur et à moi… « Cadet Roussel a trois cheveux, Cadet Roussel a trois cheveux… ah, ah, ah, oui vraiment, Cadet Roussel est bon enfant ! »

Je suis content.

Je chante la chanson qui est dans le livre, et puis les autres aussi, celles des oiseaux, de l'hirondelle et même celle de l'aigle.

La dame blanche, toute vieille, elle rit.

Et elle chante avec moi, comme maman.

Elle, elle est blanche de partout : son costume, mais aussi ses cheveux.

Même ses yeux… bleus mais presque blancs.

Et dans ses yeux à elle, il y a de la bonté.

Et dans son sourire aussi.

Alors je pleure, longtemps, longtemps, dans ses bras qui sentent bon.

SIMON

Il pouvait difficilement éviter cette invitation.

La galerie où avait lieu ce vernissage était à l'autre bout de la ville, probablement dans une usine désaffectée devenue super-branchée, néanmoins située au milieu de nulle part !

De toute façon, il ne comptait pas y rester longtemps : le cocktail débutait à 19 heures, il y ferait acte de présence puis reviendrait s'installer confortablement devant la télé, il ne voulait pas rater Taddéi ce soir.

Après un rapide coup d'œil sur le plan de la ville pour voir où se situait l'endroit (rétif à toute emprise des machines, il détestait confier son sort aux GPS, préférant toujours savoir lui-même où il allait plutôt que de se sentir tributaire des caprices de microprocesseurs !), il descendit au sous-sol où était garée sa voiture.

À la troisième tentative, elle ne démarrait toujours pas !

Ridicule ! Ah, ils allaient l'entendre au garage !

Il fut un moment tenté de remonter chez lui, d'échapper ainsi à la corvée de ce soir, toutefois sa bonne éducation reprit le dessus, il avait promis de s'y rendre et trouverait probablement un taxi en surface.

Étonnamment, l'avenue Louise était déserte, aucun taxi à l'horizon.

Il y avait une station de métro pas loin de là mais il ne l'avait pas encore emprunté : on lui avait tellement déconseillé les transports en commun de cette ville qu'il ne s'y était pas risqué !

C'était l'occasion ou jamais et puis, une fois sur place, quelqu'un pourrait vraisemblablement le ramener.

Il emprunta l'escalator et s'engouffra dans les couloirs du métro à l'odeur caractéristique de poussière, de caoutchouc brûlé, de gaufres chimiques et de sueur mêlés.

Le quai était envahi par les navetteurs, Simon refusa de participer à l'hystérie qui s'empara de ses voisins à l'arrivée de la rame, n'entra pas dans la première qui se présenta et attendit cinq minutes supplémentaires.

En arpentant le quai, il vit à nouveau une de ces affichettes qui l'avaient interpellé dans le bois : ça faisait une semaine maintenant que ce petit garçon blond aux grands yeux verts avait disparu !

Simon s'interrogeait sur l'insondable noirceur de l'âme humaine quand la rame suivante arriva.

Ne trouvant pas de place assise, il s'accrocha à la barre de soutien et observa les gens qui l'entouraient.

C'était devenu une seconde nature : regarder, extrapoler, essayer de comprendre, deviner les rouages comportementaux pour les décrire plus tard.

Leur donner vie et corps.

Mais son regard, balayant les voyageurs de la rame, s'arrêta sur elle et il ne domina plus rien.

Elle était belle, si belle, mais là n'était pas la question... Elle était bien plus que ça... magnétique, différente, elle lisait, concentrée, loin du monde.

Il fallait qu'elle le regarde !

Il la fixa avec intensité, comme si sa vie en dépendait, elle leva les yeux et le vit.

Il la détailla, longuement, avec la certitude de voir si loin en elle... En trois secondes, l'être humain a fixé les paramètres d'un visage... Si le regard s'arrête davantage, on entre dans un autre rapport.

S'il la regarde ainsi plus de trois secondes, et si elle ne détourne pas les yeux, un fil ténu, invisible mais si fort sera tendu, lancé entre leurs pupilles, au fond de leurs âmes...

Il ne la connaît pas, pourtant il sait qu'il doit lui parler, il sent qu'elle porte dans le regard un morceau de sa vie à lui.

Quelques secondes ?

Quelques années ?

Tout le temps qui lui reste ?

Peu importe, seule compte la certitude qu'elle a dans les yeux, dans les mains, un morceau de sa vie à lui.

Il sait qu'il ne la connaît pas, mais il la reconnaît, tout son corps vibrant le lui crie, il doit l'aborder, il va lui parler...

La rame arrive à la station Jacques Brel, elle ne l'a pas quitté des yeux, si belle, si différente, elle s'enfuit au dernier moment, il voudrait sortir, la rejoindre...

Trop tard, le métro reprend sa course rectiligne, hermétique aux mouvements humains.

Le vernissage, les discours, les conversations, tout se déroule autour de lui, sans lui.

Simon n'est pas là, il essaie de faire bonne figure, de dire « oui » quand il faut et « peut-être » quand c'est plus approprié. Son esprit n'est pas là, il vogue, sous terre, là où il l'a vue, elle, l'unique, l'inconcevable, la perdue.

Et il pense à cette vie, faite de moments si fragiles, si fugaces, un regard qui trouve son écho dans les yeux de l'autre, ou pas… une caresse qui trouve son frisson sur la peau de l'autre, ou pas.

Infiniment simple, infiniment compliqué, toute une vie, jouée en un instant, parfois… ou pas.

Ne pas avoir fait le bon choix, pas assez vite, pas la bonne personne, pas le bon moment, pas la bonne vie, pas celle qu'on voulait… ou, peut-être si, justement, inconsciemment.

L'homme n'est-il pas le premier instrument de son malheur ?

Est-ce que tout est affaire de chimie ou d'alchimie, de magie ou de biologie ?

Sommes-nous davantage mobilisés par nos flux de phéromones ou par nos émois ?

Qu'importe, là, tout son être, éthéré et terrien, ressentait déjà le manque et le besoin de cette femme, inconnue, disparue.

Trop tard.

Il était trop tard !

Là où je suis, maintenant, on me laisse sortir de la chambre, parfois, pour aller en atelier.

Je suis plus grand, maintenant, je peux faire des choses avec des autres comme moi, des enfants.

Ils appellent ça « psychomotricité ».

Ils appellent ça « atelier-vidéo-miroir »... J'aime bien : je vois mon visage, il est comme celui de maman, comme celui de la sœur, presque... Enfin, si je m'en souviens bien.

Il y a longtemps déjà !

Quand je demande où elle est, la sœur, ils me disent qu'elle va bien, qu'elle est dans une autre école, que je ne dois pas m'inquiéter pour elle.

Je ne sais pas, je ne sais pas si je dois les croire, je n'arrive pas à les croire.

Je fais semblant.

Si je veux pouvoir sortir de la chambre, faire les ateliers et arrêter de prendre les pilules qui font dormir, je dois être gentil !

Alors, je fais semblant.

J'aime aller dans la pièce aux miroirs, c'est le vendredi, j'aime bien voir mon image... Alors, je vois un peu maman.

Maintenant, je sais ce que c'est vendredi et mardi et même les autres jours, je sais ce que c'est le jour et la nuit, je sais ce que c'est le temps, il y en a même ici qui savent le jour où ils sont nés... ils appellent ça l'anniversaire.

Il y a des garçons qui veulent être mon ami quand on fait les ateliers.

Il y en a deux, ils m'ont même dit leur nom ; ils sont gentils mais parfois aussi bizarres... Emmanuel, il prend tout ce qu'il trouve pour se couper les bras et il a plein de traces partout et, quand il arrive à se couper, avec son sang, il fait des dessins rouges sur les murs et alors les éducateurs l'emmènent et il ne peut plus faire l'atelier...

Kévin, lui, il dit que son papa c'est un grand guerrier qui lui a appris plein de choses avant de partir il ne sait pas où.

Kévin me les apprend ces choses-là pour être un grand guerrier et plus avoir peur et que jamais l'autre me fasse encore du mal quand je sortirai !

SIMON

Persuadé que la seule chance qu'il avait de la retrouver était d'errer dans ce métro, il arpentait le quai, tous les soirs, dévisageait les passagers, se jetait dans une rame, croyant apercevoir une silhouette fine, une chevelure blonde.

Tous les soirs, il rentrait chez lui, dépité, malheureux, décidé à ne pas recommencer le lendemain.

C'était le seul fil qui le rattachait à elle ; alors, il s'y accrochait, nageur dérivant sous terre, sans repères.

Trois semaines maintenant qu'il avait croisé son visage, elle le hantait avec une violence inouïe.

Certains soirs où il se sentait plus fort, il essayait de rationaliser l'obsession.

À d'autres moments, il se contentait de se complaire dans cette mélancolie larvée.

Lucas voyait son père à la dérive mais ce n'est pas quand on débute sa vie qu'on peut assumer celle de ses parents ! Il avait donc déserté la ville et passé le congé de carnaval avec des amis, à la montagne.

Simon, dérouté, se dit que quitter un peu Bruxelles le sortirait de cette torpeur. Résolu à échapper à ce rituel stérile, il débarqua donc chez Céline et Grégoire où une chambre d'amis l'attendait en permanence.

— Je cuisine ce soir, mais demain, c'est toi qui nous mitonnes quelque chose... Ne crois pas que tu vas continuer à rester là à ne rien faire !

Céline lui avait lancé cette phrase, négligemment, en entrant dans le cellier pour y chercher une bouteille de vin.

— Ça va, ne te sens pas obligée de me traiter comme un malade... Je vais m'en sortir, je suis un grand garçon, non ?

— Parfois, j'en doute !

— De temps en temps, au cœur de l'hiver, on a le droit de se laisser aller à une petite baisse de moral, non ?

— La déprime saisonnière ? Admettons... Mais ça ne te ressemble pas, je ne t'ai jamais vu comme ça, pourquoi tu n'es pas parti avec Lucas à la neige ?

— Je l'aurais encombré... tu sais, ça fait un bout de temps qu'il ne veut plus que je lui tienne la main.

— C'est normal à son âge, non ? Ne t'en fais pas, il y reviendra !

— Je l'espère, nos câlins me manquent...

— Je te prête mes enfants en attendant : ils n'en sont pas encore à ce stade et parfois, moi, j'aimerais bien pouvoir respirer... Tiens, hier soir, on a trouvé un jeu épatant... Tu verras, on te le montre dès qu'ils

118

rentrent de la promenade ; ceci dit, à mon humble avis, la meilleure thérapie dans ton cas serait de te remettre au boulot ! On l'attend de pied ferme ton prochain bouquin, mais à voir comment se déroulent tes journées, on n'est pas près de le trouver en librairie !

— Oh, tu ne vas pas me mettre la pression, toi aussi, j'ai sorti pratiquement un roman par an ces sept dernières années, je peux souffler, non ?

— Ne prends pas tout au sérieux comme ça ! Je sais que je suis maladroite, je voulais juste te secouer un peu. N'empêche, je suis sincère : des tas de gens attendent tes histoires… Enfin, les tiennes et celles d'autres, n'exagérons rien, je ne suis pas en train de dire que la « planète livre » s'arrête quand tu n'écris pas une ligne, mais c'est magique, la lecture ! Aussi loin que je me souvienne, j'ai toujours eu un livre sous la main : enfant, ça me permettait d'échapper au monde que les adultes m'imposaient, de vivre des aventures extraordinaires par procuration, et aujourd'hui, c'est comme un sas entre la vie réelle et le monde des rêves.

— Finalement, ça n'a pas changé, la lecture te permet toujours d'échapper à la réalité.

— Non, pas d'y échapper, de la transcender ; ou de soulager mon pauvre cerveau saturé d'informations, bombardé de nouvelles plus tragiques les unes que les autres.

— Mm mm… la politique de l'autruche ?

— Mais l'être humain n'est pas fait pour encaisser tout ça ! Il y a trois générations, on s'occupait de sa famille, de ses voisins, de son village et c'était déjà un boulot à plein temps, à notre époque, on nous implique dans tous les conflits mondiaux, on nous demande d'avoir un avis sur tout, de prendre parti pour telle ou telle ethnie que nous savons à peine situer sur la planète, d'avoir de l'empathie pour la terre entière, c'est inhumain !

— La misère, les guerres, les catastrophes naturelles n'en existaient pas moins avant, sauf que le citoyen lambda ne le savait pas ! La technologie nous permet au moins d'avoir un accès direct à l'information, c'est un rempart, un rempart pour la démocratie !

— Eh bien, disons que je suis trop fragile ! Je ne peux pas supporter tout ça, jour après jour, cette impression que le monde va inéluctablement de plus en plus mal... que la presse braque les projecteurs sur la bande de Gaza et puis ne nous en parle plus pour se consacrer au prochain cyclone qui dévastera la Floride et faire ses gros titres, trois jours plus tard, de la nouvelle pandémie qui guette la planète, comme si un coup de gomme magique effaçait toutes les semaines les malheurs, les souffrances et les deuils, tournez manèges, on passe à autre chose, quelque chose de bien croustillant à nous mettre sous la dent ! Ils deviennent quoi, ces gens qu'on voit, éplorés aux infos, ils disparaissent quand les projecteurs s'éteignent ? C'est trop, trop pour moi et je me moque pas mal des prérogatives de l'édition hebdomadaire, c'est pas mon problème s'ils ont besoin de faire du sensationnalisme pour vendre leurs canards, je ne peux pas sauter ainsi d'un malheur à l'autre sans que ça m'atteigne !

— Oh là, je vois qu'on rigole ferme ici !

Grégoire venait de rentrer, les bras chargés de sacs réutilisables du supermarché.

— Si on a tellement parlé de cette offensive de vingt-deux jours à Gaza, c'est parce qu'elle mettait en péril un si fragile équilibre mondial, on a vu bien moins de manifestations pour le Congo, où le nombre de très jeunes victimes a été pourtant infiniment plus important ! enchaîna Simon.

— Donc tu me donnes raison, on est manipulés !

— Je vous ai rapporté une tarte au sucre de Chaumont-Gistoux dont vous allez me dire des nouvelles !

Grégoire, faisant un maximum de bruit en déballant les courses sur le plan de travail de la cuisine, espérait sans succès stopper la polémique.

— Bon, tant pis, alors, euh, un café ? Ça roule ma poule, un café pour tout le monde !

— Qui a su qu'on avait tiré au canon sur la capitale du Sri Lanka ? Personne ! Comme il n'existait pas d'images, ce n'est pas arrivé, c'est un non-événement : si ça ne peut pas être montré au 20 heures, si ça ne provoque pas d'émotion, ce n'est pas vendeur, ça n'existe pas ! Comment cautionner ça ? renchérit Céline.

— On ne peut pas... Je suis totalement d'accord avec toi, mais supprimer la liberté de la presse, c'est ouvrir la porte au totalitarisme !

— Évidemment ! Tu avoueras que c'est tout de même dommage de devoir choisir le moindre mal !

Céline s'était relevée et contemplait le calme paysage hivernal qui s'étalait devant elle, les yeux légèrement brillants, elle se tourna vers Simon.

— C'est aussi la raison pour laquelle tes romans me font tellement de bien, et à plein d'autres gens… On a de plus en plus besoin de rêves, de fantaisie, même si ça ressemble à de la lâcheté… Alors, vas-y, s'il te plaît, écris, fais-nous sortir de ce quotidien tellement lourd à porter !

Céline vint souplement se réfugier auprès de Grégoire ; se sentir enveloppée dans les bras protecteurs de son mari avait toujours le don de la calmer instantanément.

— Elle est terrible, ma femme, non ? Une seconde, c'est la pasionaria qui monte au créneau, la seconde d'après, elle te mitonne un magret de canard rôti au miel du tonnerre de Dieu. Ah moi, j'adore !

Avec un petit sourire, Simon détourna les yeux de ce couple enlacé ; le spectacle attendrissant de ses amis l'avait toujours ému, lui donnant la preuve vivante qu'un tel bonheur, tranquille, pouvait exister, même sur la durée.

Ils s'assirent tous les trois autour du feu de bois que Grégoire avait allumé ce matin et qui continuait de se consumer tranquillement ; la température avait en effet chuté de plusieurs degrés et des cristaux de givre animaient de leurs dessins fantasques les larges baies vitrées.

Chaque tronc, chaque branche, chaque brindille était souligné d'un fin filet blanc qui en magnifiait la beauté.

Ils ne parlaient plus, contemplant ce miracle de la vie : la nature, souveraine, au-dessus des humeurs et des malheurs des hommes.

— Alors, un morceau de tarte ?

Et là, bien entendu, la réponse fut unanime !

Kévin m'apprend maintenant, tous les jours, quand on va dans la cour.

On se cache derrière les arbres et il me parle.

Il connaît plein de mots difficiles que son papa lui a dits.

Il dit que c'est des noms de guerre et il me montre comment on doit faire avec les bras et les jambes parce que ces mots, après, pour qu'ils soient forts, on doit les dessiner dans l'air.

Il dit que son papa a tué un homme un jour… rien qu'avec ses mains, que c'est pour ça qu'il est là, lui, loin de son papa.

Ça doit être bien d'avoir un papa !

Un jour, quand je ne serai plus ici, moi aussi, j'apprendrai ça, et alors, je n'aurai plus jamais peur !

Ici, à l'école, on n'apprend que des choses qui ne servent à rien.

Je voudrais m'en aller, passer de l'autre côté, surtout depuis que le nouveau docteur est arrivé !

Le nouveau docteur me fait sans arrêt venir dans son bureau, et il me demande si je comprends bien qui je suis et ce qui m'arrive… et qu'il faut que je choisisse et qu'il est temps maintenant et qu'après, ce sera trop tard…

Pour qu'il arrête de m'embêter avec ses chiffres, ses statistiques et ses chromosomes, j'ai dit qu'il pouvait faire ce qu'il voulait !

J'ai dit que je voulais voir la sœur, il n'a pas répondu.

Il m'a fait signer un papier.

« Je sais, c'est difficile, mais tu verras, tout s'arrangera », qu'il a dit !

Je m'en fous… Si je signe, peut-être que je pourrai retourner dans la cour apprendre à être le guerrier avec Kévin.

Peut-être que ce docteur arrêtera enfin de m'embêter.

Peut-être que je pourrai sortir et retrouver la sœur.

Naëlle

Le lendemain, elle n'avait pas su comment réagir, et le jour suivant non plus.

Une chose était certaine, elle n'osait plus descendre dans le métro ; elle se rendait au travail à pied ; ce n'était pas très grave, marcher lui faisait du bien.

Ces trois dernières semaines l'avaient ballottée entre regrets et panique ; c'était la toute première fois qu'elle regardait quelqu'un avec cette intensité, et était vue de la même façon, du moins en avait-elle eu l'impression.

Une chose était sûre, il ne fallait pas que ça se reproduise !

Elle savait qu'elle ne pouvait pas vivre ce genre de rencontre, elle l'avait toujours su ; déjà, dans l'institution où elle avait passé sa jeunesse, elle ne parvenait pas à s'intégrer, partager les activités communes était au-dessus de ses forces et les éducateurs ne l'y forçaient d'ailleurs pas. Tant que ses résultats scolaires étaient satisfaisants et qu'elle ne causait aucun trouble, personne n'avait rien à y redire.

Même depuis sa majorité, depuis son indépendance, elle avait réussi à mener une vie solitaire et tranquille et imaginait continuer sur le même mode.

Là… tout était chamboulé.

Ce visage, à peine aperçu, continuait de la hanter ; elle traversait la ville, le matin, le soir, à grandes enjambées, fixant obstinément le sol ; redoutant autant qu'elle le désirait d'être à nouveau confrontée au regard de l'inconnu.

Rien n'était possible, rien n'était possible pour elle, elle le savait !

En ouvrant les yeux, ce matin, elle avait trouvé ce jour « gris ». C'était à chaque réveil comme ça, une couleur s'imposait à elle, qui n'avait pas forcément à voir avec la saison.

Certains étaient, de toute évidence, rouges ; d'autres, bleus, c'était comme ça !

Son salaire assez modeste ne lui permettait pas de folies vestimentaires. Pour classer ses tenues, elle avait néanmoins bricolé quatre penderies, récupérées aux Petits Riens, les chiffonniers de la rue Américaine à Ixelles. Une fois celles-ci installées dans sa chambre, elle avait pu y suspendre ses créations.

Ainsi, la première armoire regroupait les vêtements allant du blanc au gris en passant par le beige ; la deuxième contenait la gamme du bleu au vert ; la troisième, les rouges, mauves et orangés ; la dernière était consacrée aux noirs et couleurs sombres.

Elle avait, très tôt, développé un talent particulier pour l'agencement des couleurs ; et la formation en « coupe et couture » qu'elle avait reçue à l'institut lui permettait de se défouler en créant ses propres vêtements.

Rien de très extravagant : des matières fluides, bougeant souplement avec le corps, des coupes longues et intemporelles ; elle aimait toucher les étoffes, marier les couleurs, jouer avec les volumes… et le fait de travailler au Chien vert lui permettait de récupérer de beaux coupons à très bon prix !

Elle ne comprenait pas cette frénésie qui agitait les femmes autour des nouvelles tendances et des couleurs de la saison et à laquelle, au magasin, elle était sans cesse confrontée :

— Je vais le prendre en jaune, c'est tendance cet été, non ?

Elle, elle se disait bien que le jaune ne flattait pas grand monde… ou que le rose, pour une dame un peu forte de soixante ans, faisait rapidement dragée de baptême ; mais elle gardait pour elle ses réflexions et servait aux gens ce qu'ils souhaitaient… Après tout, les couleurs étaient là pour illuminer la vie, toutes se retrouvaient dans la nature, harmonisées avec plus ou moins de bonheur… Alors, qui pouvait dire où se trouvait le bon goût !

IV

… comme un éclat de cristal dans la boue…

Qu'est-ce qu'ils m'ont fait ?
Qu'est-ce qu'ils m'ont fait ?
Je vais mourir maintenant ?
Pourquoi ? Pourquoi ils m'ont fait ça ?
C'est parce que je voulais pas parler ?
C'est parce que maman n'est pas là ?
C'est parce que j'ai appris le guerrier ?
Je suis dans une chambre blanche.
Je ne peux pas sortir, pas sortir.
Je ne peux pas bouger du lit.
Pourquoi ils ont fait ça ?
Ils m'ont attaché serré.
Je voulais me sauver.
Je voudrais mourir
Je voudrais mourir
Je voudrais mour
Je voudrais mou
Je voudrais m

Je voudrais
Je voudr
Je vou
Je v
Je
.

SIMON

Ce n'est pas ça, ce n'est pas mon nom, ne m'appelle pas Lilith, ne m'appelle plus comme ça, ce n'est pas mon nom ! Dis le vrai !

Il se débattait, enserré par la longue queue d'une chimère dont les hanches se prolongeaient en un corps de serpent. Son buste était celui, magnifique, d'une femme aux seins arrogants dont les tétons dressés venaient lui caresser le visage ; deux grandes ailes noires partaient de ses épaules et fouettaient, frénétiques, l'air de plus en plus lourd ; son sexe à lui n'en pouvait plus de durcir, caressé par le corps ferme du reptile s'insinuant entre ses cuisses.

Il regarda le visage, les longs cheveux blonds, les grands yeux verts, la bouche qui exigeait encore et encore de la nommer, de dire son vrai nom... Alors il la reconnut et, la verge tendue, avide, il jouit, longuement, infiniment, se cambrant tout entier entre les arceaux reptiliens du démon.

Simon se réveilla en nage, le sexe encore vibrant, le cœur battant la chamade.

Qu'est-ce que c'était que ce rêve ?

Ce n'était pas la première fois que des délires érotiques l'amenaient à une éjaculation nocturne et involontaire… mais jamais avec cette intensité !

C'était elle, évidemment !

Cette inconnue du métro l'obsédait littéralement.

Comment pouvait-il être à ce point accroché à un visage à peine entrevu ?

Quel nom a-t-elle dit ? Je ne sais plus.

Même une longue douche et un solide petit déjeuner ne parvinrent pas à l'arracher aux miasmes de la nuit.

La jouissance fulgurante qu'il avait éprouvée le troublait, mais plus que cela, c'était la présence tellement tangible de cette apparition chimérique qui le hantait… Une telle violence dans la séduction, une telle étrangeté dans la beauté !

Brutalement, il se souvint du nom qu'elle refusait d'accepter : Lilith.

Il se rua sur Internet et entreprit des recherches : très vite, Wikipédia l'éclaira et l'entraîna ensuite vers d'autres sites.

Les légendes et croyances divergeaient suivant les régions et les religions, néanmoins tout finissait par se rejoindre : Lilith, appelée aussi « Lamia » par Horace dans son *De Arte Poetica Liber*.

Lilith, le démon de la nuit dans la mythologie babylonienne, celle qui apparaît aux hommes dans leur sommeil, les séduit, les attire dans le péché avec ses grandes ailes noires et ses longs cheveux blonds ; la Lilith du Talmud, qui abuse sexuellement les hommes dans leurs songes ; celle de la Genèse, qui refuse de s'avouer inférieure à l'homme, de se soumettre à

Adam et est remplacée par Ève, tellement plus conciliante ; la Lilith arménienne, dont il est dit que, « même lorsque Adam avait le nom d'Ève sur les lèvres, son âme, elle, était pleine de Lilith ! ».

Représentée comme une sombre femme fatale, elle semble traverser toutes les religions, chimère, femme-oiseau-serpent, séductrice implacable, dévoreuse d'enfants.

Et tous, sumériens, babyloniens, juifs ou chrétiens, semblent s'accorder sur l'urgence de se protéger de ce démon femelle, mère de tous les vices, responsable de toutes les déviances et dont on nous dit que, pour l'éloigner des nouveau-nés mâles et leur sauver la vie, il faut leur entourer le cou d'un ruban où sont écrits les noms des trois anges : Senoy, Sansenoy et Semangelof...

Elle est surtout l'image de la femme première, la féminité triomphante et libre, pleine du secret de la vie et du mouvement des fluides. Simon se disait que, confrontés à ce qui les dépasse, les hommes ne peuvent décidément que diviniser ou détruire.

La matinée avait filé sans qu'il s'en aperçoive, il avait navigué dans cet univers ésotérique qui lui était inconnu et dont il se méfiait, se demandant quel étrange pouvoir de suggestion avait pu forcer les portes de son esprit cette nuit.

Lui qui avait toujours évité tout délire sectaire, tout arrangement irrationnel avec la réalité, venait de passer quatre heures à visiter des sites où la mythologie s'embourbait dans des interprétations poético-psychologiques de pacotille... Il se sentait ridicule.

— Eh bien, mon vieux, tu as l'air drôlement crevé ! Tu ne t'es pourtant pas levé très tôt, on t'a attendu en vain pour le petit déjeuner ! Là, les enfants sont partis faire du skate, Céline les a accompagnés, elle va bientôt rentrer, on pourra au moins déjeuner ensemble. J'ai dégoté un saucisson au poivre dont tu me diras des nouvelles.

Grégoire disparut dans la cuisine. Le bruit insistant de vaisselle manipulée amena Simon à le rejoindre.

Céline rentra sans les enfants, restés au parc avec des copains.

— Je dois aller en ville cet après-midi, passer chez mon fournisseur de tissus : Mme Deluce a de nouveau changé d'avis pour les rideaux de son bureau et je dois lui ramener des échantillons. Tu viens avec moi, Simon, ça te changera les idées ? demanda Céline.

— Non, merci, c'est gentil mais je voudrais terminer des recherches.

— Dommage, cet entrepôt est un très chouette endroit, je suis sûre que tu en aimerais la déco !

— Une autre fois, peut-être…

— OK, salut les hommes ! Et merci, mon cœur, pour ton saucisson, il était dément ! dit-elle, filant comme à son habitude.

Une fois seuls, les deux hommes continuèrent à manger tranquillement, perdus dans leurs pensées ; Simon n'arrivait toujours pas à se dépêtrer de ce rêve glauque et Grégoire imaginait la nouvelle composition musicale qu'il allait proposer à ses potes musiciens lors de leur prochaine répétition.

Ça a été le noir pendant très longtemps !

Pendant très longtemps, je n'ai pas été là.

Enfin... pas vraiment, enfin, je ne sais
pas.

Puis, je me suis réveillé.

Et maintenant, je suis là.

Les choses sont différentes maintenant,
moi je suis différent !

Ce noir a été si long, je crois.

Ça m'est égal.

Je suis grand maintenant. Je suis différent.

Ce sommeil a été long, si long.

Sans rien entendre, sans voir personne.

Mais maintenant, je suis sorti.

Ils ne peuvent plus rien contre moi !

Je peux marcher dans le monde avec ceux du dehors.

Je suis dehors !

Quand je me réveille, je peux sortir dans la rue, plus personne ne m'en empêche, et je vais là où on apprend.

Je regarde par terre, je ne parle avec personne, je cours dans le noir et je vais là où on apprend, chaque soir, chaque soir.

Dans cet endroit, personne ne m'embête ; ici, j'apprends les gestes, comme je faisais avec Kévin dans la cour, mais mieux, beaucoup mieux !

Le maître a dit que le temps était venu, que je pouvais avoir l'enseignement secret maintenant, comme un ninja !

Le temps passe, les jours.

Le temps passe, les nuits, je ne sais pas…

Quand le noir de la nuit est là, je me réveille et je sors.

Je m'éveille et je sors, j'apprends, j'apprends.

Je suis content, je suis un vrai guerrier maintenant.

Je ne parle pas, presque pas.

Le maître dit que c'est bien parce qu'il faut la concentration totale du corps et de l'esprit pour atteindre l'énergie surnaturelle du ninja et recevoir le ninpo-mikkyo : l'enseignement secret du nin-jutsu !

Et moi je l'ai, la concentration !

Mon corps et ma tête ne veulent que ça, pour comprendre qui je suis, d'où je viens, ce que c'est que ce noir qui m'habite parfois.

Alors, j'apprends.

CÉLINE

Céline arriva au magasin et se dirigea délibérément vers Naëlle.

— Bonjour, vous êtes libre ?

— Euh, oui… Oui, bonjour.

— Mme Deluce a de nouveau changé d'avis ; vous pouvez m'aider ? J'avoue que je suis un peu découragée par ces éternelles hésitations !

— Je peux vous montrer la nouvelle collection de lin, elle est très belle.

— Merci Naëlle. Excusez-moi de vous poser une question personnelle mais… vous allez bien ? Vous êtes si pâle. Vous avez été malade ?

— Non, je vais bien… C'est l'hiver, peut-être.

— Quoi, vous aussi, vous allez me parler d'une déprime saisonnière !

— Pourquoi ?

— Non, rien, je pensais à un ami, montrez-moi plutôt cette collection.

Céline repartit avec un lot d'échantillons, l'espoir de satisfaire enfin son inconstante cliente et la certitude que cette charmante Naëlle n'avait pas l'air très en forme ! Mais elle avait déjà un déprimé à la maison avec lequel elle ne savait pas s'y prendre, alors…

Elle remplit le coffre du break, reprit le chemin du retour sans oublier de s'arrêter à la crémerie pour acheter un beau plateau de fromages.

En route, elle se dit que Naëlle, malgré sa pâleur, était particulièrement jolie aujourd'hui : cette longue tunique de soie grise et ses cheveux relevés en chignon souple lui donnaient une classe intemporelle.

Elle eut alors envie de se faire plaisir, fit un crochet par la place du Châtelain et alla acheter chez son amie France un énorme bouquet de lys blancs.

Voilà qui irait à merveille sur la table du salon !

Je m'éveille, je sors, il fait noir.
Je marche, je cours.
Personne ne me parle.
Personne ne me voit.
Pas besoin de toutes ces machines qui roulent avec des tas de gens dedans, je ne supporte pas, je ne supporte pas.
Alors, je cours, et tous les soirs, j'y vais, j'apprends.
Les gestes rentrent dans mon corps, bientôt, ils y seront tous enfermés.
Bientôt, je n'aurai plus peur.

Au début, là-bas, ils essayaient de me parler, mais je ne veux pas parler, je veux apprendre ; alors, j'apprends, et eux, ils ne me parlent plus.

Je ne connais pas encore les 108 kyusho, les 108 points vitaux, mais, avec le nihon-ken et le nihon-nukite que le maître m'enseigne, je sais que je peux les atteindre.

Avec deux doigts, moi aussi, bientôt, je pourrais tuer un homme !

Je suis content, je suis un vrai guerrier maintenant !

SIMON

« Quand les journées se meurent,
Vous, mon rêve, ma vie,
Vous, ma seule embellie,
À travers le miroir,
Chaque soir, chaque soir,
Mais là, dans mon esprit,
Un autre s'y est mis,
Et, pour mon désespoir,
Chaque soir, chaque soir. »

Ce mail, Simon ne l'avait pas vu tout de suite.

Empêtré dans la mythologie mésopotamienne, il avait laissé filer la journée, cherchant le sens caché de ce rêve ensorcelant qui lui collait à la peau.

Et maintenant, cette espèce de déclaration...

Il remonta dans les mails précédents et retrouva l'autre court poème, reçu trois semaines plus tôt ; il s'agissait du même expéditeur, pourquoi cette suite sibylline tout à coup ?

L'adresse ne lui disait rien, ça semblait être une firme ou une société...

Intrigué, il se décida néanmoins à écrire :

« Bonjour, correspondant anonyme,
Je n'ai pas pour habitude de répondre aux personnes qui ne se présentent pas mais, comme il n'est jamais trop tard, pourriez-vous, à l'avenir, signer vos messages que je puisse y donner suite ?
Bien à vous, Simon Bersic »

Puis, n'ayant pas eu de ses nouvelles depuis deux jours, il appela Lucas sur Skype.
Son fils était connecté, son image apparut sur l'écran du portable de Simon :
— Salut, fiston, dis donc, tu es tout bronzé, fais gaffe tout de même !
— Hé, je n'ai plus six ans, lâche-moi un peu ! Toi, en revanche, tu n'as pas très bonne mine.
— Je sais, il ne fait pas beau ici, je ne mets pas le nez dehors, et j'ai mal dormi.
— J'espère que tu ne passes plus tes soirées dans le métro !
Simon ne put s'empêcher de sourire : son fils, derrière un masque d'indifférence post-adolescente, avait évidemment remarqué son manège.
— Non, non, je reste encore quelques jours chez Grégoire et puis je rentre. De toute façon, je ne travaille pas mieux ici qu'à la maison.
— Cool, on se retrouve la semaine prochaine, alors ?
— Oui, si tu daignes revenir dans nos contrées.
— Bien obligé, les cours reprennent ! Et puis… tu me manques !

— Toi aussi, mon grand, toi aussi.

L'image souriante du jeune homme disparut de l'écran.

Entre-temps la réponse à son mail était arrivée, bien plus rapidement qu'il ne l'attendait.

« Bonjour Monsieur Bersic,

Veuillez excuser mon impolitesse. Je m'appelle Naëlle, et je ne sais pas trop y faire avec la vie…

J'ai lu tous vos livres, ils rythment mes journées.

Pardonnez ma maladresse.

Merci d'avoir répondu. »

Au moins un pan d'ombre qui tombait.

Simon, considérant l'écran de son ordinateur, ne put s'empêcher de reprendre ses recherches démonologiques.

Je l'ai vu !

Je l'ai vu !

Je l'ai reconnu !

Le temps a passé sur lui aussi.

Et maintenant, je sais ce que c'est le temps.

J'apprends, j'apprends.

Le temps coule sur nous et laisse des traces sur nos visages, mais je l'ai reconnu.

L'autre !

Celui qui faisait mal à maman et à la sœur.

Où sont-elles, maintenant ?

Je les ai perdues, peut-être qu'elles ne sont plus que dans ma mémoire.

Lui, je l'ai vu, ici, dans la vie du dehors où le temps marque les gens.

N'empêche, je l'ai reconnu !

J'étais sorti du noir, je marchais, sans regarder personne.

Dans la rue, on m'a cogné, on m'a dit « pardon », j'ai levé les yeux…

Derrière la personne qui me parlait, il y avait une grande vitre pleine de lumière.

Derrière la vitre : des gens, assis, et là, tout seul, à une table, lui.

Je l'ai vu, je l'ai reconnu.

J'ai peur, je cours…

Il ne faut pas qu'il me voie, il ne faut pas qu'il m'attrape et me ramène là-bas !

J'ai peur, je cours.

J'arrive à la salle…

Ici, c'est bien, le maître me calme, et il m'apprend.

CÉLINE

Le challenge était de taille, mais Céline adorait ça !

Le patron des Tissus du chien vert lui avait commandé une toile pour l'inauguration de son nouveau département de vente de cuirs.

Il s'agissait d'un grand format de huit mètres sur quatre, enchâssé dans un caisson de bois, éclairé par l'arrière et qui devait, par les variations lumineuses produites à l'intérieur du caisson, animer tout un pan de mur du nouvel espace.

Céline n'avait encore jamais réalisé de peinture de cette taille, Grégoire avait donc installé des poulies dans son atelier afin qu'elle puisse manipuler l'énorme surface de tissu accrochée aux quatre coins. Grâce à ce système, elle pouvait soulever alternativement les côtés de la toile et diriger ainsi les coulées d'acrylique. Sa formation classique en peinture, aux Beaux-Arts, l'avait d'abord amenée à explorer le figuratif mais, depuis quelques années, la calligraphie orientale ou asiatique et la magie suggestive des « pierres de rêve chinoises », ces plaques de marbre

évoquant par leurs motifs aléatoires des paysages bru-
meux propices à la méditation, avaient alimenté son
inspiration. C'est cette vision, abstraite et en même
temps éminemment évocatrice, qu'elle souhaitait proposer dans ce projet.

L'entreprise était exaltante, Céline avait démarré
le travail quand les enfants rentrèrent de l'école ;
Basile alla directement promener Dadou, son chien ;
Maël se brancha sur un jeu vidéo en ligne : « World
of Warcraft », que sa journée scolaire avait malencon-
treusement interrompu ; et Méline resta près de sa
maman, la suppliant, avec tous les arguments irrésis-
tibles d'une petite enchanteresse de sept ans, de l'ini-
tier aux plaisirs de l'aquarelle.

L'atelier de Céline, lumineux, était une des raisons
pour lesquelles Grégoire et elle avaient quitté
Bruxelles, quelques années plus tôt : elle aimait pein-
dre de grands formats et avait pu, dans ce bâtiment,
aménager l'atelier dont elle avait besoin.

Elle délaissa un moment son installation et rejoignit
Méline à la table de travail ; c'était un véritable plaisir
de voir la petite fille découvrir les techniques de
détrempage du papier et de manipulation subtile de
toutes ces aquarelles dans leurs petits pots précieux.

— Tu es sûre que je peux faire ça, maman, le
papier va être tout mouillé !

— C'est le but, chérie, comme ça, les couleurs
vont pouvoir s'étaler à leur aise et attraper cette belle
transparence.

— Je peux mettre quelle couleur ?

— Celle que tu préfères !

— Quoi, je fais comme je veux ?

— Oui, c'est ça qui est bien, on fait comme on veut. Si ça te plaît, c'est réussi, si ça ne te plaît pas, tu l'oublies… et tu en fais un autre !

En voyant les couleurs s'étirer, se mêler, en un feu d'artifice éclatant et hasardeux, la petite fille poussa des gloussements de joie : un nouveau monde s'ouvrait sous ses yeux, fait de liberté, de plaisir, de création.

Céline, heureuse, émue, regardait sa fille découvrir qu'on peut se donner le droit de faire ce dont on a envie : oser, créer, se tromper aussi, fatalement.

Elle allait retourner à son propre travail quand Grégoire entra.

— Wouah, ça démarre bien, tu as besoin d'un coup de main ?

— Volontiers, ça pèse une tonne, ce truc ! Et, une fois que les coulées sont lancées, je dois opérer rapidement avant que le séchage ne commence.

— C'est joli, il t'a donné carte blanche ?

— Oui et c'est d'autant plus flippant, si je me plante, c'est dans les grandes largeurs !

— Aie confiance, moi, je trouve ça très beau.

— Je suis d'accord : tout à fait prometteur ! s'exclama Simon qui suivait son copain.

— Malheureusement, je dois m'arrêter dans une heure pour aller chercher un rouleau de tissu et l'amener à l'atelier, donc je…

Simon interrompit Céline, il estimait avoir suffisamment profité de leur hospitalité pour lui rendre de temps à autre un petit service.

— Je peux y aller, moi, je vais justement en ville.

— Oh, tu es un amour ! Tu n'as qu'à demander Naëlle, c'est elle qui s'occupe de mes commandes, elle est au courant, tu lui dis que c'est la livraison pour Mme Deluce.

— Naëlle ? Décidément, ce prénom me poursuit !

— Pourquoi ?

— Oh, rien d'important, bon, je file... À votre service, madame !

Sur l'autoroute, Simon se disait que ces deux-là, Céline et Grégoire, avaient peut-être trouvé la recette du bonheur : un bon boulot, des enfants magnifiques, des passions qui les gardaient éveillés au monde...

La satisfaction qu'il avait à le constater se colorait parfois d'une légère pointe d'amertume.

Aucun encombrement, il arriva rapidement et trouva même un parking à proximité.

À peine entré dans le bâtiment central des Tissus du chien vert, il comprit pourquoi Céline avait souvent insisté pour qu'il l'accompagne : l'endroit était sympathique et dégageait une ambiance peu commune pour ce genre de commerce. Une immense figure de proue en bois peint se dressait au-dessus de l'escalier monumental amenant aux étages et l'énorme carcasse désossée d'une coque de bateau surplombait la salle principale où s'entassaient les rouleaux d'étoffes. Les couleurs vives des peintures, délavées par endroits, laissaient transparaître les veines du bois, gonflées par les longs séjours en mer. L'ensemble évoquait tout à la fois le repaire de pirates, la caverne d'Ali Baba avec ses énormes panières débordant de soieries précieuses et chatoyantes et l'univers forain où le faux voisine avec le vrai, où les apparences sont si souvent trompeuses.

Simon parcourut avec ravissement les salles où s'étalaient les pièces de cuir, les coupons de lainages, les métrages multicolores, les rubans, les galons, les énormes pots de verre remplis de boutons... cet univers, a priori féminin, le rassurait, le ramenant des années en arrière, assis aux pieds de sa grand-mère qui s'obstinait à coudre avec sa vieille machine à pédales ; autorisé, lui, le petit garçon silencieux, à assembler les bouts de tissu tombés au sol dans le bruit grinçant de la mécanique...

Autant de capes rêvées pour d'improbables chevaliers.

Sorti de ces évocations nostalgiques, il se dirigea vers ce qui semblait être la caisse, installée dans une ancienne barque de pêcheur retournée ; décidément, le propriétaire des lieux devait adorer les bateaux ! Simon demanda à voir Naëlle.

— Elle est occupée pour l'instant, c'est à quel sujet, je peux peut-être vous aider.

— Sans doute : c'est une commande pour Céline Finkel, la décoratrice, elle ne peut pas venir elle-même...

— Ah oui, je suis au courant... Les tissus de Mme Deluce, je vais vous donner ça tout de suite !

En rentrant, Simon repassa par son loft, constata que Lucas n'était pas encore revenu, que sa femme de ménage avait négligé les bonsaïs, il s'en occupa et reprit la route, fit un léger détour pour passer par le bois des rêves, si bien nommé, si joli en cette saison... si joli en toute saison !

Pourquoi j'ai peur de lui ?

Pourquoi j'ai encore peur de lui ?

Il ne peut plus rien contre moi, maintenant.

Je suis fort, je suis grand, il ne peut plus m'atteindre !

Je retourne là où je l'ai vu ; je dois savoir.

Derrière la vitre, c'est bien lui.

Il est encore là.

Je prends le temps de le regarder.

Je calme ma peur.

J'arrive à le regarder, lui ne me voit pas.

Je calme ma peur.

Comme le maître me l'a appris, je règle ma respiration et les battements de mon cœur.

Je calme ma peur.

Il tourne la tête vers moi !

Je m'écarte, me réfugie dans l'ombre.

Il ne faut pas qu'il me voie, pas encore.

J'attends, longtemps, dans l'ombre…

Quand il partira, je le suivrai… peut-être que lui, il sait où elles sont, maintenant, dans ce monde-ci.

Je le suivrai.

Je dirai à mon cœur de se tenir tranquille.

Je le suivrai, jusqu'à maman, jusqu'à la sœur.

NAËLLE

À peine arrivée au boulot, elle avait rapidement préparé la commande pour Mme Finkel, servi deux ou trois clients, et surtout réfléchi à ce qu'elle allait pouvoir écrire à Simon Bersic pendant la pause, cet après-midi.

Elle s'était comportée comme une idiote et le regrettait maintenant : d'abord ces envois anonymes, et puis ce mail stupide, débile.

Sur le site officiel de l'écrivain, elle en avait appris davantage sur lui : ses engagements humanitaires, ses études, ses voyages, ses prises de position politiques.

Elle avait, par ailleurs, été passablement troublée par la ressemblance entre les photos publiées sur ce site et le souvenir qu'elle gardait de cet inconnu du métro… une coïncidence, probablement ! Qu'est-ce que Simon Bersic ferait à Bruxelles ? Et plus encore dans le métro ?

Elle décida de reprendre tout à zéro, se disant que, cette fois, s'il ne lui répondait pas, elle l'aurait bien mérité.

« Cher Monsieur Bersic,

Je ne sais si vous pouvez comprendre ce démarrage chaotique, en tout cas, je l'espère…

Je ne veux donner aucune excuse à mon comportement asocial, je n'ai jamais su comment m'y prendre. Je ne veux pas me trouver d'excuses, mais mon enfance… ma jeunesse n'ont pas été simples.

J'ai toujours vécu en institution, aussi loin que mes souvenirs me permettent de l'affirmer, et, même si je n'ai pas à me plaindre des années que j'ai passées là, ce milieu n'est pas, me semble-t-il, la meilleure préparation à la vie d'adulte.

Je n'ai pas d'ami, mes lectures sont mes seules compagnes depuis si longtemps, et vos mots me parlent tellement.

J'espère que tout ceci ne prête pas trop à rire.

Je crois que je n'ai jamais écrit autant de mots à la suite.

Bien à vous,

Naëlle Jonasson. »

Elle envoya le mail et retourna vite à son poste.

— Je n'ai pas voulu te déranger, je viens juste de délivrer la commande de Céline Finkel, elle n'a pas pu passer la prendre elle-même et c'est un monsieur qui est venu la chercher, tout était bien dans le colis ?

— Oui, oui, j'avais tout préparé, ne t'inquiète pas.

— Tu envoies la facture ou je m'en charge ?

— Merci, je m'en occupe, c'est gentil, Sabine.

Ça y est, il se lève, il donne de l'argent à la dame derrière la vitre.

Il sort.

Je le suis.

Son pas est plus lourd, son dos est tout voûté, mais c'est lui, c'est bien lui.

Traînant derrière lui, je sens son odeur, la même, lourde.

Je n'ai pas peur, je n'ai pas peur !

Il marche, lentement.

S'arrête pour allumer une cigarette.

Je recule contre le mur.

Il ne faut pas qu'il me voie.

Il reprend son pas, tranquille, comme si lui n'avait pas eu dans le ventre la peur, la faim, le froid, la peur, mal, mal.

Non, lui n'a pas eu ça dans le ventre, lui

était le mal, et nous, maman, la sœur et moi, on était quoi ?

Il marche longtemps, moi, derrière.

On arrive dans une petite rue, sombre.

Il entre dans une maison, laide.

Sa maison ?

Toutes les fenêtres sont noires.

Maintenant, il entre, il les allume, c'est sa maison sans doute.

Maintenant, je sais où il dort, je pourrai revenir.

SIMON

« Chère Naëlle,

La lecture de votre mail m'a à la fois ravi et désolé !

Je suis heureux d'apprendre que mes récits ont pu vous distraire.

Je suis honoré de la confiance que vous me témoignez en vous ouvrant un peu à moi et désolé si votre solitude est aussi effective que vous le dites.

J'espère vivement que le futur se montrera plus clément envers vous,

Avec toutes mes amitiés,

Simon Bersic. »

Simon avait un peu tergiversé avant d'envoyer ce message, il ne savait pas toujours quelle attitude adopter face aux déclarations de ses lecteurs ; mais là, il pressentait une réelle détresse chez cette personne et voulait la réconforter sans s'engager de manière trop personnelle.

Il n'est pas toujours évident de gérer les projections que des inconnus peuvent faire sur des personnages publics et sur la vie fantasmée qu'on leur prête.

À quelques reprises, il avait déjà dû faire face à des invasions intempestives de sa boîte à mails et remettre prudemment des gens à leur place sans les brusquer. Certains de ses lecteurs semblaient vouloir nouer des rapports plus amicaux avec lui, il était alors délicat de leur répondre sans rien dévoiler de sa vie personnelle, en leur manifestant néanmoins un intérêt poli. Ce genre de correspondance s'essoufflait d'elle-même, naturellement.

Cette fois, ça lui semblait différent.

Sa réponse, relativement laconique, ne fermait pas la porte au dialogue ; on verrait bien si cette « Naëlle » continuait à lui écrire !

Quant à l'habitude qu'il avait prise de terminer ses réponses en envoyant ses amitiés... il avait bien conscience de la disproportion de la chose, mais, après tout, ceux qui prenaient la peine de rechercher un moyen de le joindre, qui lisaient ses livres et en disaient généralement le plus grand bien, ne lui faisaient-ils pas ainsi une démonstration d'amitié ?

Je suis devant sa maison, je suis revenu.

Dans le noir, j'attends.

Pourquoi je suis là ?

Je ne sais pas… Il fallait que je vienne.

Il n'y a que lui, l'autre, pour me rattacher à ma vie d'avant… à ma vie.

J'attends, je regarde la maison.

Il y a de la lumière, une fenêtre en haut est éclairée.

Parfois, je vois des mouvements dans la lumière…

Il est là !

Tout seul ?

Mon cœur cogne, il se bat dans ma poitrine comme s'il voulait s'envoler.

Je dois me calmer.

La peur ne peut pas revenir.

Respirer, comme le maître me l'a appris.

Respirer, prendre toute la force qu'il y a en moi, la rassembler, être fort, être le guerrier.

Je dois entrer dans la maison, dans cette maison-là.

Je dois rentrer dans sa maison.

CÉLINE

Son tableau avançait bien, Céline en était satisfaite.

Mais un lumbago l'avait terrassée ce matin, résultat des nombreuses heures qu'elle avait endurées, pliée sur cette toile ; elle en avait l'habitude, résignée à écouter les doléances de son corps trop sollicité... Elle ne peindrait pas aujourd'hui !

En ce dimanche, l'ambiance était particulière à la maison : Simon était finalement rentré à Bruxelles ; Basile, accablé par une angine, passait son temps allongé dans le canapé à se saouler de mangas mal ficelés sur l'écran géant du téléviseur LCD ; Maël avait découvert avec ravissement les plaisirs de la « sensula », ce petit instrument de musique venu d'Afrique où on l'appelle « le piano à doigts », et égrenait depuis le matin de douces mélodies répétitives ; Méline, enivrée par sa nouvelle passion pour l'aquarelle, réalisait à tour de bras de jolies peintures colorées, éclatantes, parsemées de cœurs roses et orangés pour tous ses amoureux de l'école (elle semblait en avoir trois pour l'instant et ne pouvait se résoudre à choisir !) ; Grégoire, lui, venait d'allumer un feu pour réchauffer toute sa petite famille, rituel tendre et réconfortant...

Calée dans un fauteuil, une bouillotte réchauffant ses reins douloureux, Céline considérait tout son petit monde, heureuse, un livre à la main...

— Tu as vu, ça fait six semaines que le petit Adrien Delforge a disparu ! C'est terrible, cette histoire... Les parents ont placardé des affiches partout, ils ont fait appel à Child Focus, tout ça en vain, c'est affreux !

Grégoire, assis près d'elle, tirait ces informations de l'édition matinale du *Soir*.

— Tu imagines qu'une pareille chose nous arrive, ça me rendrait folle !

C'est curieux, le visage de ce petit garçon me fait penser à quelqu'un ; ça m'échappe pour l'instant, je ne sais pas, ça reviendra sans doute, les cheveux blonds, les grands yeux verts, je ne sais pas... Les parents doivent être dans un état épouvantable ! Pauvre petit loup, où peut-il bien être ? Pourvu qu'il soit encore vivant !

— Ce genre d'épreuves peut laisser des traces indélébiles.

— Tu parles des parents ou de l'enfant ?

— De l'enfant, surtout...

— Tu veux dire qu'il vaudrait mieux qu'il soit mort ?

— Non... Mais on s'intéresse aux victimes tant qu'elles font la une des faits divers ; et après, qu'est-ce qu'elles deviennent ? Personne n'en parle jamais. Qui sait... des psychopathes à leur tour ?

— Arrête, c'est affreux !

— Non, c'est la réalité. En tout cas pour certains d'entre eux ; les statistiques nous montrent que les abuseurs d'enfants ont souvent été eux-même abusés ; pareil pour les violences conjugales.

— Tu as sans doute raison, mais on ne peut pas abdiquer, accepter ça comme une évidence inéluctable !

— Je te reconnais bien là, révoltée, même avec un lumbago ! Tu veux une tisane, ma justicière ?

— Oui, merci, monsieur le rationnel... tilleul-citron, s'il te plaît.

Et la journée suivit son cours tranquille, loin des tracas du monde.

Quoi de plus égoïste que les gens heureux ?

Je suis dans la rue depuis longtemps maintenant.

Je suis dans la nuit.

Plus de lumière dans la maison.

Comme le maître me l'a appris, je respire, je me recentre, je fais le « Prâna » : la respiration vitale, souffle de vie qui circule à travers mes canaux d'énergie ; à gauche, « Ida-nadi », le féminin, la lune, la mort ; à droite, « Pingala-nadi », le masculin, le soleil, la chaleur, la vie. Prânayama, je contrôle mon souffle, je suis en équilibre, efficace, à l'unisson avec l'univers.

Je suis prêt, je peux entrer.

Il y a un petit jardin autour de la maison.

Je suis habillé tout en noir, personne ne peut me voir, une capuche cache mes cheveux et mon visage.

Personne ne me regarde et personne ne me voit.

Je ne fais pas de bruit, je suis une ombre, je dois entrer dans la maison, je n'ai plus peur, il ne peut plus rien contre moi, je n'ai plus peur !

Derrière la maison, dans le jardin, il y a trois escaliers qui descendent vers une petite porte... C'est sale, des bouteilles vides partout, des bidons, des emballages.

Il fait sombre, mais la lune est avec moi, « Ida-nadi », je passe au-dessus des choses sans faire de bruit, je suis une ombre, je dois entrer.

La porte est fermée... Bien sûr, bien sûr.

Dans le jardin, plein de choses sales et rouillées, je trouve un morceau de fer, ça ira !

La porte ne résiste pas longtemps, mais elle craque, elle fait du bruit !

Derrière, plein de cartons entassés, il faut les bouger en silence, à peu près en silence !

Je suis passé, je suis entré !

Il fait noir, la lune ici n'arrive pas jusqu'à moi, ça ne fait rien, sa force m'accompagne.

J'avance en touchant les murs gras, humides.

Ça sent une drôle d'odeur, pas jolie.

Une autre porte, fermée aussi ; j'ai gardé le bout de fer, je peux l'ouvrir mais celle-ci chante un bruit plus fort que l'autre... tant pis, je suis dans la maison, je continue !

Un autre couloir, une autre porte, et des escaliers qui descendent encore plus bas...

L'odeur est là ; toujours plus forte, alors, le souffle me quitte, je tombe par terre, j'ai peur, je me souviens, je me souviens : maman, la sœur et le petit paquet, et l'autre qui vient, qui fait le mal... encore, encore, il fait toujours le mal.

C'est la même odeur, la même odeur.

Je dois retrouver mon souffle, abandonner la peur, le maître est si loin... S'il était là, il me dirait quoi faire, comment retrouver ma force vitale, mon énergie interne, comment me rassembler, comme quand je suis seul, dans le noir, avant de me réveiller.

Je me relève.

Je ne suis plus celui qui avait peur, qui avait mal, je suis un guerrier maintenant, je vais le trouver.

Sous mes doigts, à droite, encore une porte ; quand je passe à côté, j'entends un petit cri, étouffé... Quelqu'un pleure.

Quelqu'un a peur derrière cette porte, je dois l'ouvrir... Qui est derrière ?

Les pleurs sont là, dans mon oreille, dans ma tête, mais la porte ne veut pas, je pousse trop fort, le bruit est trop fort, je dois me calmer, me calmer.

La porte accepte, je peux entrer, il fait noir, toujours plus noir, dans un coin j'entends une voix, toute petite, toute petite qui dit « non, non, s'il vous plaît »...

C'est qui ?
La sœur ?
Peut-être...
C'est toi, la sœur ?

170

Mais la voix toute petite ne répond pas.
La voix pleure en silence.
Il faut que la lumière vienne !
Je touche le mur, tout autour de la porte, je trouve le bouton. J'appelle la lumière.
Et là, je vois...

NAËLLE

Elle avait eu tant de difficultés à se lever ce matin !

Comme si la nuit, au lieu de la reposer, l'avait rompue.

Jamais elle n'avait manqué un jour de travail, il n'était pas question qu'elle se laisse aller !

Une marche à travers la ville lui remettrait les idées en place.

Le miroir ne la réconforta pas : des cernes bleutés encadraient ses yeux verts, les faisant paraître plus grands encore, et la carnation de son visage rivalisait avec la pâleur de ses longs cheveux lissés.

Elle se dit qu'il fallait au moins que cette journée soit rouge pour contrer ce manque d'énergie ! Elle attrapa une souple tunique en soie bordeaux qu'elle assortit à un pantalon carmin... Voilà, ça allait déjà mieux !

Nicolas attendait patiemment qu'elle ait terminé son petit déjeuner, les pattes ramenées en rond sous sa poitrine, les yeux mi-clos ; seules ses oreilles, alertes, mobiles, trahissaient son éveil.

Dès qu'elle eut terminé son muesli, il vint frotter vigoureusement son front contre la pommette de Naëlle, et le ronronnement du chat au creux de son oreille eut, comme à l'accoutumée, un effet lénifiant.

Elle quitta l'appartement, rassérénée, prête à attaquer cette nouvelle journée.

Le soleil de fin d'hiver avait de la peine à transpercer la grisaille ; néanmoins, la marche rapide vivifia la jeune femme, elle commençait à longer le canal quand elle constata qu'une voiture ralentissait à sa hauteur, elle n'aimait pas ça, elle força l'allure et se précipita dans la première ruelle qui s'ouvrait à sa droite, c'était un sens interdit, la voiture ralentit, hésita à s'y engager puis continua son chemin, silencieuse.

Durant un instant, Naëlle crut que le conducteur allait descendre et marcher vers elle, une bouffée de panique la submergea.

Quand la voiture eut disparu, elle se calma par de longues inspirations, reprit sa marche, arriva au Chien vert, ouvrit le magasin et trouva du réconfort dans l'accomplissement de ses tâches quotidiennes.

La lumière est venue, mais c'est le chaos dans ma tête !

Il est là, par terre, dans un coin, petite boule qui tremble sur un vieux matelas plein de taches.

Un petit, un comme moi, un comme j'étais…

Je vois la même peur dans ses yeux, ses yeux comme les miens, la même couleur, ses cheveux aussi, la même couleur, comme moi, tout pareil…

Mais lui, il est tout seul avec sa peur.

Je m'approche, je veux le toucher, il recule, tremblant…

C'est moi qui lui fais peur ! Moi, je lui fais peur ?

Je mets ma main sur sa tête, doucement.

Je cherche des mots qui disent le calme, qui disent : tout va bien !

Mais je vois la peur encore dans ses yeux...

Il a vu le mal, trop, trop près.

Comme moi, il a vu le mal...

Je rabats ma capuche, il voit mon visage, alors, il a moins peur.

Il vient dans mes bras.

Il pleure, doucement, doucement...

Il sait bien qu'il ne faut pas faire de bruit !

SIMON

Enfin Lucas avait décidé de rentrer, Simon partit le matin l'accueillir à la gare du Midi.

C'était une journée hivernale, assez maussade, égayée néanmoins par la perspective de revoir son fils.

Les quelques jours passés chez Grégoire et Céline avaient été salutaires, Simon y avait retrouvé une certaine sérénité, mais sa présence restait artificielle au sein de cette famille qui n'était pas la sienne, il fallait à présent qu'il se retrouve chez lui, avec son fils.

Pour éviter les encombrements matinaux de la petite ceinture, il longeait le canal jusqu'au boulevard du Midi, par les quais.

Soudain, sur sa droite, une flamme rouge et blond arpentant le trottoir à grands pas : un flash, il fut brutalement replongé dans le métro, dans son rêve...

Plusieurs fois, ces dernières semaines, il avait été abusé, croyant la voir au détour d'une rue, à la terrasse d'un café, mais là, son cœur battant la chamade le lui criait : c'était elle, son inconnue, filant le long des quais dans cette lumière grisée, elle, écarlate, étincelante !

Elle bifurqua, s'engagea prestement dans une ruelle, il voulut la suivre, c'était un sens interdit, il pensa pourtant s'y engager, abandonner sa voiture et courir derrière elle...

Mais il se ravisa au dernier moment, Lucas l'attendait, et puis, c'était peut-être encore un mirage, un de plus ; et, quoi qu'il en soit, le changement de cap brutal de la belle marcheuse ressemblait furieusement à une fuite.

Il se dit qu'il ne servait à rien de forcer le destin et continua sa route vers la gare.

Si le train de Lucas était à l'heure, ils pourraient prendre tous les deux un bon petit déjeuner au Pain quotidien.

Décidément, il fallait qu'il se ressaisisse !

Qu'il se mette au travail, quinze heures par jour, comme il avait coutume de le faire quand un sujet le passionnait ; il fallait qu'il cesse de poursuivre une chimère, il le fallait.

Le petit est dans mes bras.

Il pleure.

C'est moi qui suis grand, maintenant.

C'est moi qui dois le protéger !

Du bruit dans l'escalier...

L'autre descend.

Son pas lourd, je le reconnais, c'est son pas !

La porte a fait trop de bruit ?

Trop tard, il m'a entendu, trop tard !

Je n'ai plus peur, je ne vais pas m'enfuir.

Je l'attends.

Il y a le petit, je le cache derrière mon dos, derrière moi.

Je remets ma capuche bas sur mes yeux.

Je l'attends, lui, l'autre !

Il est là, c'est bien lui.

Il me regarde, il me voit...

Sur son visage et dans ses yeux, des tas de questions se bousculent.

Il dit des : « Mais... qui êtes vous ? » et des : « Que faites-vous là ? »

Moi, je ne dis rien.

Je me recentre.

Ne pas me laisser gagner par la peur, par l'angoisse.

... Mais rien qu'à le voir, rien qu'à l'entendre, la peur est là, elle attend.

... Il dit : Mon petit, mon petit, c'est toi, je te reconnais, c'est toi ?

Je ne réponds pas.

Si je réponds, il pourrait m'avoir, comme avant, comme il a eu maman.

Il sait, lui, comment il faut faire avec les mots.

Il ne faut pas le laisser parler...

Il tend les bras vers moi.

Je bondis, comme un chat, Ninpo-Taïjutsu, je le bloque, Nihon-Nukite, le poing serré, deux doigts en pique mortelle : l'index et le médius, je pourrais atteindre des points vitaux... les yeux, le plus facile... mais je ne veux pas le tuer, je ne peux pas tuer !

Je le frappe par deux fois sur le dia-
phragme, blocage musculaire.

Il s'effondre, lourdement.

Il ne peut plus bouger, il ne peut plus parler.

Pendant quelques heures, il ne pourra plus
bouger.

Il ne va pas mourir mais il ne peut plus
faire le mal.

Le petit pleure dans le coin...
D'abord, m'occuper de l'autre.

Je sors, je monte des escaliers.
Dans le garage, je trouve une corde, longue.

Je reviens dans la cave, l'autre se tord sur
le sol, la colère et le mal plein les yeux... la
peur, aussi, peut-être.

Je l'attache, serré, serré.
Il ne peut plus bouger.

Maintenant, je m'occupe du petit !

CÉLINE

Son dos la faisant un peu moins souffrir, Céline pouvait imaginer conduire, mais pas encore se remettre à la peinture, elle décida alors de se rendre à l'atelier pour superviser la réalisation des stores et rideaux de Mme Deluce.

Le travail avançait bien, il manquait néanmoins un peu de passementerie pour parachever l'ouvrage, elle se mit donc en route pour le Chien vert, espérant ainsi papoter un peu avec Naëlle.

— Ah, bonjour Céline, vous n'avez pas eu de problèmes avec le colis que je vous avais préparé ?

— Non, impeccable, on a bien fait de choisir cette nuance plus claire, c'est très beau !

— Vous avez l'air d'avoir mal au dos ?

— Ne m'en parlez pas, une horreur !

— Et ça vous arrive souvent, ces douleurs ?

— Oh, c'est la position qui est mauvaise : la plupart du temps, je peins au sol, je suis donc pliée en deux toute la journée. Mon ostéopathe m'a montré deux ou trois postures plus adéquates, mais, dans le feu de l'action... je les oublie ! Ce n'est pas grave, dans deux jours, ce sera fini !

— Quand j'étais enfant, moi aussi, l'humidité me faisait mal au dos ...

— L'humidité ?

Devant l'étonnement de Céline, Naëlle se rendit compte qu'elle venait de se livrer un peu à quelqu'un, une presque étrangère.

Elle se mordit les lèvres, trop tard.

Céline ne semblait pas avoir remarqué son trouble.

— C'est étonnant, souffrir de l'humidité durant l'enfance ! C'est plutôt un truc de vieux ! Et maintenant, vous n'avez plus de problèmes ?

— Plus de problèmes !

— Vous viviez à Bruxelles ?

— Euh... dans le Brabant wallon, à partir de douze ans.

— Et avant ?

— Avant, je ne sais pas, je ne me souviens pas.

— Vous déménagiez souvent ? C'était mon cas aussi quand j'étais enfant : on devait suivre mon père partout, pour son travail ; finalement, je ne savais plus où j'habitais moi non plus ; mais vos parents, eux, doivent avoir tout ça en mémoire.

— Je n'ai pas de parents, j'étais à l'orphelinat ; enfin, plutôt... dans un institut.

Céline comprit avec effarement combien sa curiosité l'avait poussée loin : dans son désir de percer la coque de mystère qui entourait Naëlle, elle avait été tellement indélicate ! Elle tenta, maladroitement, de s'excuser.

— Laissez, ce n'est pas grave, vous ne pouviez pas savoir… et puis, c'est bien que je parle à quelqu'un : je ne parle jamais à personne… réellement, je veux dire, et, du coup, je ne sais pas m'y prendre, je ne sais pas comment me comporter avec les gens.

— Vous avez raison, c'est mieux de parler, il faut parfois se laisser aller, ce n'est pas bon de garder les choses pour soi : à trop se replier sur soi-même, le corps et l'esprit explosent… implosent même parfois, ajouta Céline avec un petit sourire complice pour dédramatiser cette conversation qui prenait un tour étrange.

— Je crois que c'est ce qui m'est arrivé.

— Pardon ?

— Quand j'avais douze ans, c'est pour ça que je ne me souviens de rien…

Naëlle, le visage baissé, plus pâle que les cotons blancs qui s'étalaient derrière elle, avait prononcé ces derniers mots d'une voix grave, à peine audible.

Céline, interloquée, n'eut pas le temps de réagir.

— Naëlle, il y a trois clients en bas qui attendent, vous avez terminé avec Mme Finkel ?

De l'étage inférieur, le patron, en manque de personnel disponible, venait de la rappeler à l'ordre ; elle descendit précipitamment les escaliers en s'excusant.

Le petit a peur, il a peur de l'autre.

L'autre est attaché, il ne peut plus rien lui faire.

Le petit a encore peur.

Alors, pour qu'il ne le voie plus, je l'emmène ailleurs, au-dessus, dans une chambre.

Là, le petit est bien, il a un bon lit, pas un matelas sale par terre.

Dans la cuisine, il y a des choses à manger, je les lui donne.

Il a faim, il a moins peur, il mange.

Je dis que je reviendrai le voir demain, qu'il ne doit plus avoir peur, que moi, je ne lui ferai jamais de mal, mais qu'il doit rester là, ne pas sortir, que dehors c'est la nuit des autres, que dehors je ne peux pas le protéger.

Je l'enferme dans la chambre.

J'enferme l'autre dans la cave, il roule des yeux fous dans son visage, il voudrait me tuer, sans doute, sans doute, mais il ne peut pas bouger.

Je ferme bien toutes les portes et je m'en vais.

À partir de maintenant, je vais m'occuper du petit, je lui donnerai à manger, je vais bien m'en occuper.

Il ne faut pas qu'il sorte, il ne faut pas que les autres, ceux du dehors, lui fassent du mal.

S'il sort, s'ils le prennent, comme moi quand j'étais petit, ils vont lui faire du mal, comme ils m'en ont fait à moi, avant le grand sommeil, avant le grand noir.

Je crois que je me souviens de certaines choses, maintenant, il y a des choses dont je me souviens.

NAËLLE

Elle n'en revenait pas ! Avoir raconté ça, à une presque inconnue !

Elle avait baissé sa garde, ces derniers jours l'avaient tellement chamboulée !

Ce regard croisé dans le métro, son ébauche de communication internet avec Simon Bersic, cette voiture qui semblait la suivre ce matin… Elle ne savait plus où elle en était, autant se laisser aller, peut-être qu'alors cette boule qui lui étreignait la poitrine se diluerait, en tout cas, ça ne pourrait pas être bien pire !

Et puis, Céline semblait vraiment être quelqu'un de bien, quelqu'un à qui on pouvait dire les choses et qui pouvait les écouter ; pourtant ses vieux démons étaient là, tenaces, et, avec eux, la certitude que personne ne pourrait comprendre ce qu'elle avait vécu, encore moins s'y intéresser… ou alors, animé par une curiosité malsaine !

La journée touchait à sa fin, bientôt, elle pourrait rentrer chez elle, retrouver ses habitudes, un semblant de certitudes.

Pour une fois, elle fut la première à quitter le magasin, le froid vif lui fit du bien, il faisait noir, déjà ; le quartier était envahi par des travailleurs étrangers, illicites, clandestins, ils étaient déposés là, le long du canal, après leur journée de travail.

Naëlle les croisait, matin et soir, se disant que son sort n'était, finalement, pas très différent du leur : solitaires, déracinés, aux aguets ; leurs craintes n'étaient pas les mêmes, mais c'était aussi la peur qui rythmait leurs journées.

Eux, au moins, avaient peut-être une famille qui les attendait quelque part, un objectif à atteindre, quelque chose à construire.

Elle, pour toute racine, n'avait que le souvenir diffus de l'institution où elle avait grandi, la tendresse ponctuelle des animateurs, des psychologues, qui faisaient de leur mieux pour donner aux jeunes placés là l'illusion d'un foyer mais qui rentraient chez eux, le soir, retrouver leur vraie famille.

Parfois, dans le noir, elle tentait de fouiller sa mémoire, de retrouver les traces de ces douze années perdues, consignées, sans doute, dans son dossier, là-bas, à l'institut, mais auquel elle n'avait pas accès.

Elle avait été émancipée à vingt et un ans et ne retrouvait le cadre et les acteurs de sa jeunesse que lors de la visite semestrielle de contrôle.

Évidemment, ça ne s'appelait pas comme ça, là-bas, mais c'était bien de ça qu'il s'agissait : savoir ce que devenaient les anciens pensionnaires, s'ils tournaient bien, s'ils s'intégraient correctement... Et comme elle n'avait jamais posé aucun problème d'aucune sorte, ces contrôles se déroulaient plutôt agréablement et pouvaient presque passer pour une réunion de famille.

Pourtant, souvent lui manquait le regard de quelqu'un avec qui elle aurait pu partager des souvenirs... Elle en avait si peu, et ils étaient si monotones !

Perdue dans ses pensées, lancée dans sa démarche vive, elle ne remarqua pas la voiture qui la suivait, légèrement en retrait.

Maintenant, quand je m'éveille, je vais voir le petit.

Il va bien, je crois.

On va ensemble dans la salle de bains, il se lave.

Je lui donne à manger.

Puis, il se brosse les dents. Il fait tout comme il faut !

Après, je descends à la cave, je vais voir l'autre.

Je ne veux pas qu'il meure, je lui donne à boire, à manger.

Trop facile de mourir.

Tant que je suis dans la cave, il parle, il m'insulte.

Il croit qu'il peut encore me faire peur.

Il se trompe, je ne l'entends pas !

Je ne le détache pas, l'odeur est maintenant tellement forte ici qu'on peut à peine respirer...

Tant mieux, maintenant, il sait ce qu'est la peur, il connaît son odeur !

Après, je repars, je vais voir le maître.

Peut-être qu'un jour, je saurai dans ma tête ce que je dois faire avec tout ça.

Avec l'autre et avec le petit.

Et avec le jour et avec la nuit.

SIMON

Il ne pouvait pas croire qu'il était en train de faire ça !

C'était tellement loin de son comportement habituel !

Tellement loin de ce qu'il jugeait correct, juste, honnête…

Tellement pas lui !

Si on lui avait dit qu'il se retrouverait le soir, dans sa voiture, à suivre une inconnue, le long des quais, comme un voleur.

C'était plus fort que lui, il avait fallu qu'il revienne.

Les retrouvailles avec Lucas avaient été très tendres, ils avaient mangé, longuement, se racontant toutes les anecdotes de ces dix jours de séparation, eux qui avaient été tellement peu séparés.

Rentrés à l'appartement, ils avaient fait tout un tas de lessives : plus un seul des vêtements de Lucas n'était propre mais, en célibataire endurci, Simon savait gérer ce genre de situation !

Ensuite, Lucas avait téléphoné à ses copains pour les rejoindre dans un cybercafé du centre-ville.

Simon n'avait pu occulter sa vision matinale, il ne pouvait être certain qu'il s'agissait bien d'elle. Après avoir tourné en rond comme un fauve dans son salon, il conclut qu'il valait mieux bouger ; il reprit donc sa voiture et alla se poster là où il l'avait perdue de vue ce matin.

Les chances étaient bien minces, en plus, il détestait ce qu'il était en train de faire, mais quelle autre possibilité avait-il ?

Il alluma le lecteur CD, la musique d'Aaron accompagna son attente et sa mélancolie décalée convenait à merveille à son état d'esprit du moment.

Il passa ainsi deux heures à guetter, rallumant régulièrement son moteur pour ramener un peu de chaleur dans l'habitacle, passant d'une ambiance musicale à l'autre, de Damien Rice à Ozark Henry et Radiohead...

Soudain, alors qu'il n'espérait plus, il la vit, flamme vive de l'autre côté du quai : apparaissant, disparaissant au rythme de la lumière tombant des réverbères ; rouge papillon de nuit, elle semblait voler d'un halo à l'autre, son cœur sauta... C'était bien elle, son inconnue du métro, il en était sûr à présent.

Il mit le moteur en marche, alla jusqu'au pont, traversa le canal et, à vitesse réduite, la suivit silencieusement. De temps en temps, un feu de signalisation ou un carrefour l'obligeaient à s'arrêter, mais il réussit à ne jamais perdre de vue la silhouette dansante qui scandait ses pulsations.

Ils traversèrent ainsi la ville, étrange cortège ; arrivée au parvis de Saint-Gilles, elle entra dans un petit immeuble coquet, il se gara.

Une fenêtre s'illumina rapidement au dernier étage, il en conclut qu'elle habitait là.

Il resta un moment, perplexe, dans la voiture immobile ; puis rentra chez lui, ne sachant comment assumer cette situation peu glorieuse.

Au moins, toute honte bue, il savait maintenant où la trouver.

L'AUTRE

Qu'est-ce que je fais là ?

Qu'est-ce qui s'est passé ?

Ooooh, je ne peux plus bouger, le petit salaud m'a bien eu !

Il peut bien se cacher sous sa capuche, infâme qu'il est, je l'ai reconnu...

Infâme, infâme, comme sa mère, démon, démon.

Qu'est-ce qu'il m'a fait ?

Quel âge il a maintenant ?

Qu'est-ce que j'en sais.

Il aurait dû crever, comme tous les autres, fruits du démon, maudits, maudits... Elle a réussi à les cacher, celui-là et sa sœur... Trop bon, j'étais trop bon ! Après, ils étaient trop grands, ces deux-là, c'était trop tard ! Au moins, tant qu'ils étaient là avec elle, je pouvais la garder... Elle ne voulait plus partir, elle ne pouvait plus se laisser mourir... à cause d'eux !

J'ai mal, c'est trop serré, qu'est-ce qu'il m'a fait, qu'est-ce qu'il m'a fait ?

Tous crevés, je les pensais tous crevés, graine de malheur, comment il est encore là, lui ? Quelqu'un les a trouvés ? Putain de voisins, toujours à fourrer leur nez partout… Obligés de partir, la vieille et moi… Elle n'a pas tenu le coup, elle, normal, mauviette !

OOOOOOOhhhh ! Tu ne vas pas me laisser là tout de même, amène-toi, j'ai soif… j'ai sooooiiiiiffff !

Et le petit, qu'est-ce qu'il en a fait ?

J'avais eu tellement de mal à le trouver, celui-là : un petit comme lui, un petit qui lui ressemble, à lui, à sa sœur, à sa mère surtout ; tous les mêmes, des fleurs de poison, des fleurs de poison !

Me laisser ici dans ma merde, salopard, salopard, graine de démon ; je t'aurai, je vais bien trouver un moyen…

Tu le sais, toi, Isaiah, il fallait la vengeance divine, il fallait punir sa mère… Démon de la nuit, Lilith, vent du soir, tu n'as amené que la maladie et la mort dans notre famille… Tu m'as rendu malade, tu m'as rendu malade avec tes sorts, femelle… La vieille n'y pouvait plus rien ; même en bas, avec les rats, tu continuais à m'agiter, monstre, à envahir mon crâne !

Il a bien fallu te punir !

Et ton ventre avide qui ne cessait de m'appeler, tes cheveux blonds, traîtresse, filets de lune emprisonnant mon âme, pauvre de moi, pauvre pécheur, par ta faute, par ta faute, ayez pitié, ayez pitié de moi, pauvre pécheur !

Entre tes jambes vivait le scorpion, tu as tué ta mère, de chagrin, maintenant, tu m'envoies ton fils pour me tuer à mon tour ! Maudite, maudite !

J'ai tout fait pour te résister, tout...

Des nuits à épier ton sommeil, ta respiration d'enfant, tes jeunes seins gonflant ta chemise de nuit, démon...

Tu ne m'as pas laissé en repos... Et maintenant, ton fils, maudit, maudit.

Ta maison sentait la mort, ton chemin menait vers l'ombre, tu n'as apporté que désolation, tu as fait mourir ta mère, de chagrin, de honte.

Pourquoi n'es-tu pas restée dans son ventre, fœtus desséché ?

Tes yeux envahissaient mes nuits, tu volais ma semence dans mon sommeil !

Combien d'enfants as-tu fait pousser dans ton ventre, pécheresse impie ? Moi, je ne voulais pas ! C'est toi, tentatrice, toi qui m'as provoqué ! Dès le début, quand tu as quitté tes airs de petite fille...

Et maintenant, tu me l'envoies, lui, le plus impur de tous, plus impur que toi encore !

Il fallait bien que je t'enferme dans la grotte, de l'autre côté du miroir, faiseuse d'enfants ; toi qui envahissais mes rêves.

Il fallait bien qu'ils redeviennent des anges, ceux qui sortaient de ton intérieur.

Et tu te venges ? Tu m'envoies celui-là ? Mais lui aussi, ton fils, je l'effacerai, tache sur mon front de pauvre pécheur, je l'effacerai !

Il croit qu'il peut se mesurer à moi, maintenant !

L'idiot, le pauvre idiot !

CÉLINE

Placer les rivets tout autour de la toile était finalement le travail le plus ingrat ; heureusement, en ce samedi après-midi, Maël et Basile donnaient un coup de main à leur mère, il ne restait plus qu'à tendre la peinture dans son caisson lumineux et le tour serait joué !

Cette installation ne pouvait se faire que sur place, évidemment, là où le tableau serait exposé ; mais pour ça, Céline avait besoin de forces vives, elle avait donc rameuté tous ses hommes et avait hâte de terminer ces préparatifs pour enfin juger du résultat.

À côté de l'atelier, on entendait en sourdine la musique qui émanait du studio où Grégoire répétait ; seules les basses traversaient les parois relativement insonorisées. Ce filtrage donnait à toutes les mélodies le même côté mécanique, répétitif.

Elle eut envie d'entendre les nouvelles compositions de son mari. Après avoir péniblement ôté de ses mains quelques traces de peinture, elle entra dans le studio.

197

Grégoire accompagnait à la guitare les pistes qu'il avait déjà enregistrées sur l'ordinateur ; c'était toujours émouvant d'entendre, couche après couche, piste après piste, se construire une musique, naître une chanson ; c'était ainsi qu'il traversait la vie, une mélodie dans la tête, la guitare toujours à portée de main ; elle trouvait ce hobby parfois pesant, quelque peu puéril… Se réfugier ainsi dans un rêve adolescent passé la quarantaine… Mais elle se dit qu'ils s'étaient bien trouvés, lui dans ses notes, elle dans ses peintures et ses rêves d'univers parfaits, colorés et abstraits, pas si différents, si complémentaires, finalement.

Simon, dans un coin, entre congas et djembé, s'amusait à ajouter quelques percussions. Elle attendit la fin de la chanson.

— Désolée, les garçons, mais là, il faut y aller !

— Pas de soucis, on est prêts ! Je charge la visseuse pour assembler le caisson et on y va. Tu as le câble pour tendre la toile ?

— Oui, j'ai tout ; je suis tellement impatiente de voir le résultat ! À propos de résultats, tu en es où, Simon ? Toi aussi, tu te remets à composer ?

— Bof…

— Super ! Tu sais que tu vas te faire tirer les oreilles, enfin, moi ce que j'en dis…

— Bien justement, garde-le pour toi, allez, en route !

Une fois la toile soigneusement roulée et calée à l'arrière du véhicule, tout le monde s'engouffra dans la camionnette.

NAËLLE

Ils auraient dû être là depuis une heure au moins !

Naëlle ne travaillait pas au magasin le samedi après-midi, mais elle était si curieuse de voir le travail de Céline qu'elle était néanmoins restée au Chien vert, une fois son service terminé. Jusqu'ici, elle n'avait vu que la maquette du projet et quelques-uns des tableaux de la décoratrice, exposés dans le magasin, elle se demandait ce que ça allait donner sur tout un pan de mur... Et puis, de toute façon, elle n'avait rien d'autre à faire !

À travers les grandes portes vitrées, elle vit la camionnette arriver, Céline en descendit, suivie de deux hommes ; ils ouvrirent le hayon arrière, et quand ils se dirigèrent vers l'entrée du magasin portant leur fardeau, elle crut qu'elle allait suffoquer : c'était lui, l'homme du métro... C'était lui, elle en était presque certaine. Un mouvement de panique la fit reculer, se cacher derrière une colonne, le cœur bondissant, de petites étoiles tournoyant devant les yeux ; comment était-ce possible ?

— Mais viens, qu'est-ce que tu fais là ? Viens voir ce que ça donne... On dirait que tu te caches !

Sabine, sa collègue, impatiente, avait déjà bondi sur le trottoir.

— Non, non, j'arrive.

Il était inutile de se dissimuler, d'ailleurs l'inconnu ne la reconnaîtrait sans doute pas ; elle s'avança vers eux, tête baissée. Il lui tournait le dos, s'engageant dans la pièce à reculons, elle sentait son odeur, légèrement musquée... du cèdre peut-être, ou du bois de santal.

Elle les précédait vers l'espace des cuirs ; les peaux de toutes les couleurs reposaient, nobles dépouilles sur des barres de bois suspendues au plafond ; une verrière illuminait l'ensemble et un bassin aquatique en béton alimenté par une fontaine courait, rigole mouvante, bruissant au centre de la salle, le doux gargouillis de l'eau rendant l'atmosphère étonnamment dépaysante.

Arrivée près du mur qui devait accueillir l'œuvre de Céline, Naëlle s'arrêta, un peu en retrait... Simon la vit alors et laissa tomber le côté de la toile qu'il portait, son visage trahissant une surprise assez cocasse.

— Mais qu'est-ce que tu fais, Simon, arrête, c'est fragile tout de même !

Céline s'était précipitée pour rattraper le lourd rouleau, Grégoire déposa la peinture et ils commencèrent tous les quatre à assembler le caisson, puis à tendre la toile à l'intérieur de celui-ci.

Naëlle faisait mécaniquement ce qu'on lui disait de faire ; ses yeux, obstinément baissés, croisaient néanmoins de temps en temps ceux de l'inconnu, une rougeur diffuse envahissait alors son visage.

Lui semblait rechercher le contact tout en ne disant pas un mot ; les deux autres, tout occupés à leur montage, ne remarquaient rien de leur manège !

— C'est superbe, encore plus beau que dans ton atelier !

— Oui, je suis assez contente, cette idée de faire vivre la toile par la rétroprojection lumineuse était brillante, si je puis dire !

— Allez, on va boire un verre pour fêter ça ?

— Volontiers, mais un peu plus tard, tempéra Simon, allez-y sans moi, je prendrai un taxi pour rentrer... J'ai encore à faire dans le quartier.

– OK, comme tu veux, merci encore pour le coup de main ; merci à vous aussi, Naëlle. Je téléphonerai demain au patron pour savoir s'il est satisfait ! À bientôt !

Grégoire et Céline, ravis, s'en allèrent enlacés ; comme d'habitude, elle avait enfoui la main droite dans la poche arrière du jeans de son homme et lui l'enveloppait de son bras gauche, protecteur.

L'inconnu restait là, immobile, grand comme dans son souvenir, à la regarder loin au fond des yeux ; elle était tellement émue qu'elle ne cherchait même plus l'esquive et le regardait de la même façon.

Céline l'avait appelé « Simon »... Était-ce possible ? Elle-même avait été troublée par les photos aperçues sur le site Internet, sans penser vraiment qu'il pouvait s'agir du même homme.

Le temps était suspendu, aucun des deux ne savait comment en sortir, comment reprendre contact avec le réel, quels mots employer, comment traduire concrètement le trouble qui les habitait.

Seule l'eau clapotante au centre de l'espace semblait encore vivante dans cette atmosphère tétanisée ; Simon brisa le silence :

– Vous pouvez sortir d'ici ou vous devez rester là jusqu'à la fermeture ?

— Je peux… enfin, je pourrais ; en fait, je ne travaille pas officiellement cet après-midi.

Ils marchèrent silencieux, le long du canal, embarrassés par leurs corps ; leurs bras, parfois, se frôlaient, et ce simple contact fugace empêchait les mots ; leurs ombres mêlées devançaient leurs désirs.

Sans se concerter, ils entrèrent dans un café, s'assirent dans le coin le plus reculé, face à face, avides de se regarder.

— Alors, c'est vous la Naëlle dont Céline m'a souvent parlé… Si j'avais su…

Perdu dans son regard limpide, il laissa sa phrase en suspens.

— Et vous… vous êtes… Simon Bersic ?

— … Euh, oui, vous me connaissez ?

— J'ai lu vos livres, tous ; je les aime, et, je ne sais pas si vous voyez, mais… je vous ai écrit quelques mails récemment.

— C'était vous ! C'est incroyable.

— Oui… dans le métro, mais je ne savais pas qui vous étiez… De toute façon, ça n'avait pas d'importance, je veux dire, à ce moment-là, je ne savais pas que c'était vous.

— Si j'avais pu imaginer que ces trois personnes mystérieuses n'en faisaient qu'une, on aurait gagné du temps !

— Du temps sur quoi ?

Je ne sais pas, du temps sur l'histoire, on aurait pu se rencontrer plus tôt !

— C'est bien comme ça.

— Oui, c'est bien comme ça, l'essentiel est que je vous ai trouvée.

Il posa, légèrement, les doigts sur son poignet fin. Après un instant d'hésitation, elle retira sa main.

Un voile sombre traversa le regard de Naëlle et Simon n'en comprit pas la raison.

— Je vais rentrer… Excusez-moi, mais je… je dois réfléchir à tout ça… Je n'ai pas l'habitude de… Excusez-moi !

Elle se leva, s'élança précipitamment vers la sortie.

— Attendez, j'appelle un taxi et je vous dépose.

— Merci, je préfère marcher.

— S'il vous plaît ! Donnez-moi au moins votre numéro de téléphone !

— Téléphone ? Je n'en ai pas.

— Alors… vous permettez que je vienne vous chercher lundi, après votre travail ?

— Lundi, oui, je termine à 18 heures. Au revoir.

Et elle disparut, courant presque, semblant fuir un Simon resté perplexe à la table du bistrot.

Arrivée chez elle, effondrée dans le canapé, elle se trouva idiote, incapable d'avoir un comportement normal, une vie normale, des réactions normales. Machinalement, elle caressait le poil soyeux de Nicolas, roulé en boule sur ses genoux, et le contact chaud et sensuel de l'animal lui rappela le moment fugace où, sur la table poisseuse du bistrot, la main de Simon avait effleuré la sienne. À ce souvenir, un long frisson la parcourut.

Encore deux fois dormir, et on serait lundi.

SIMON

« Vous avez posé le bout des doigts sur mon poignet, là où ça palpite.

Et, tout entière, je me suis rassemblée sur ces 10 cm² de peau, suivant le doux mouvement du bout pulpeux de vos deux doigts... hésitant, effleurant, comme pour vérifier ma concentration... moi, tendue, dans l'attente, attentive et vibrante.

Depuis, j'espère, le souffle court... Petite demande muette... Touchez-moi, touchez-moi encore...

Sans la chaleur de vos doigts, je vais crier, qui sait, pleurer, qui sait, reprendre ma main, retourner dans ma coquille, crispée...

Avant le contact de vos mains, mon corps n'existait pas.

Mon enveloppe, floue, ne m'appartient pas, elle attend les arabesques que vous pourriez y graver... Nouvelles lignes de vie, d'amour, nouveau parcours du tendre, sinueux, s'inscrivant de plus en plus profond dans ma chair, envoyant des ondes frissonnantes et concentriques, de plus en plus loin, de plus en plus profond ; galets lancés dans mes eaux si peu dormantes...

La trace laissée par vos doigts brûle encore dans ma chair, la vibration, loin de disparaître, s'amplifie, sourde et ronde, remonte le long de mon bras, fulgurante, elle contamine consciencieusement chaque pouce de peau, redonnant forme à mon corps, le redensifiant, je suis pleine et offerte par la seule caresse de vos doigts... »

Lorsqu'il trouva ce mail, samedi soir, en rentrant chez lui, Simon lâcha un cri étouffé, perdu dans la solitude de son bureau... Cette femme était en train de le rendre fou !

Comment pouvait-elle être à la fois si forte et si fragile ? Si sensuelle et si distante ? En apparence, tellement déconnectée du réel et si sensible à l'instant présent ?

Quel trouble violent... S'être perdu si intimement dans la lumière de ses yeux... pouvoir la toucher, encore, légèrement ; entendre sa voix, grave et calme... un torrent grondant de questions et de frustrations... encore deux fois dormir... comment tenir ?

L'AUTRE

De légers froissements d'étoffe se faisaient entendre derrière la porte, le vieux se dit que le maudit
était de retour…

Dans le noir froid de cette cave, il avait perdu toute
notion du temps mais, tous les jours, le gamin venait
le nourrir, il le savait, bientôt il reviendrait.

En tâtonnant, il avait trouvé l'angle en saillie d'un
carreau de plinthe ébréché et, patiemment, cisaillait
l'épaisse corde qui lui ligotait les poignets ; bientôt,
ses mains seraient libérées, il pourrait alors se débar-
rasser des liens qui entravaient ses chevilles…

La porte s'ouvrit, la lumière envahit les lieux, il
arrêta ses contorsions.

— Espèce d'ordure, te voilà ! Tu as beau te cacher
derrière cette capuche, tu sais que je t'ai reconnu, fils
de Satan ! Libère-moi, libère-moi, tu me dois le respect, tu le sais !

C'était comme s'il n'entendait rien… ce frêle
gamin, obtus, débile, forcément débile.

— Fais comme si je n'étais pas là, crétin, tu

paieras, un jour ou l'autre, tu paieras, sordide engeance !

Et, toujours, après lui avoir laissé une écuelle d'eau et une autre de riz près du visage, toujours, alors, la silhouette encapuchonnée repartait, avec le même calme, comme s'il ne l'entendait pas, lui, l'autre vociférant dans le noir sombre.

NAËLLE

La journée n'avançait pas !

Elle la sentait se traîner sur sa peau comme une limace déroulant derrière elle sa marque scintillante, l'attente en devenait douloureuse, tout son corps enserré dans un étau, elle guettait le long cheminement des minutes.

Quand elle était revenue samedi au magasin pour envoyer ce mail à Simon Bersic, elle avait eu l'impression de ne plus être elle-même, de s'abandonner à ses pulsions, à ses envies… Audacieuse, pour une fois, et insouciante.

Maintenant, elle en redoutait le résultat : allait-il venir ce soir ?

Et si, livrée ainsi, désarmée, elle n'était pour lui qu'un amusement parmi tant d'autres ?

Pourquoi avoir fait ça ? Et pourquoi, à présent, redouter tellement la confrontation ?

Jamais elle ne pourrait changer les choses si elle continuait à se replier sur elle-même, elle voyait combien sa vie ressemblait à une pelote de laine emmêlée sans trouver le bon bout pour la dévider.

Est-ce qu'il était la bonne personne ?

Est-ce qu'elle avait raison de s'ouvrir ainsi à lui ?

Et ces rêves étranges qui l'assaillaient toutes les nuits, ce sommeil agité qui l'empêchait de prendre un vrai repos ?

La fatigue brouillait son esprit, l'incitait à abandonner toute résistance, elle avait tellement envie de lâcher prise, elle avait depuis si longtemps l'impression de devoir tenir tous ces morceaux ensemble, sous peine de voir exploser le fragile équilibre qu'elle s'était laborieusement constitué.

Elle n'avait jamais pu s'expliquer cette conviction, jamais pu en parler à personne, tout en ressentant avec acuité l'urgence de se protéger, de baliser sa vie pour rester en phase avec le réel.

Jamais elle n'avait relâché cette vigilance, persuadée, grâce à la répétition quotidienne de gestes automatiques, de pouvoir garder le contrôle, de gérer le bouillonnement indéfini qu'elle pressentait dans sa tête. Et voilà qu'elle était submergée par des émotions inconnues, qu'elle avait l'impression de n'avoir plus aucune volonté, perdue dans l'attente des minutes qui tardaient tant à s'égrener !

L'heure de la fermeture arriva néanmoins – évidemment, le temps finit toujours par passer. Elle essaya de mettre son manteau avec un maximum de calme.

Ce jour s'était imposé comme mauve, pâle, incertain, comme un ciel d'orage avant les éclairs, et cette couleur diaphane amplifiait encore la pâleur de son teint ; des ombres violacées creusaient un peu ses traits, en accentuant la fine et fragile beauté.

Pastel, légère, telle une ombre peinte par Leonor Fini, elle passa la porte.

De l'autre côté de la route, adossé au parapet surplombant le canal, il était là, l'attendait, les mains dans les poches pour dissimuler le tremblement qui les agitait depuis des heures.

SIMON

Il était arrivé largement en avance.

Sa voiture garée devant l'entrée du magasin, il s'était dit qu'un peu de marche le calmerait.

Il avait parcouru les quais, le long du canal, se forçant à la lenteur pour supporter l'attente.

La lumière déclinante allumait l'eau sombre de teintes plombées ; le ciel violacé découpait à contre-jour la silhouette du « Petit Château » autour duquel des travailleurs immigrés, clandestins pour la plupart, continuaient de déambuler, déposés là par des employeurs furtifs.

Il se dit qu'ils étaient un peu comme lui, déracinés d'une ville à l'autre, d'un pays à l'autre, tenant debout grâce à des rêves, des rêves d'eldorado peuplés d'or, de miel et de lumière.

Il lui semblait que son eldorado à lui tenait tout entier dans la profondeur liquide des yeux de cette femme et cette seule pensée animait son corps d'un mouvement souterrain, profond, viscéral, émotion sourde et délicieuse qu'il se croyait trop mûr, trop raisonnable pour ressentir encore.

Ses pas l'avaient ramené à son point de départ. Les réverbères, un à un, s'illuminaient, jalonnant son chemin de repères rassurants.

Les fenêtres aussi, çà et là, s'éclairaient, la vie domestique reprenait ses droits, les foyers revivaient.

Peut-être, à son tour, aurait-il quelqu'un à choyer, le soir venu.

Aujourd'hui, il voulait y croire enfin…

Il s'adossa à la rambarde, les mains dans les poches pour dissimuler le tremblement qui les agitait depuis des heures.

Elle sortit… et tout ce qui restait encore de lumière dans le ciel se concentra, incendiant sa silhouette, un couloir étincelant la reliait à lui, effaçant tout alentour, il était happé, happé par elle ; sa vie, à présent, lui semblait-il, en dépendait.

Cette certitude l'effrayait et l'enivrait à la fois. Sans se préoccuper du trafic, il traversa et lui prit la main.

Aujourd'hui, en m'éveillant, je me sens bizarre.

Peut-être que les paroles de l'autre résonnent dans ma tête, même si je ne les écoute pas.

Peut-être que je les entends même si je ne le veux pas.

Peut-être que sa bouche dit parfois des choses vraies, pas que de la méchanceté.

Je m'habille : pantalon, gros pull à col roulé, sweat-shirt, tout est noir, j'aime ça.

Je rabats la capuche sur mes yeux pour ne pas voir mon image dans le miroir ; je sais que si je regarde dans le miroir, c'est maman que je vois, et ce n'est pas bien pour moi, ça me fait de la tristesse.

Alors, je regarde le sol et je sors.

Là-bas, quand je n'y suis pas, le petit

pleure toujours, il veut toujours partir, se sauver de là-bas.

Il ne comprend pas que je ne peux pas le laisser sortir, qu'on va lui faire du mal au-dehors.

Il dit que son papa et sa maman le cherchent sûrement.

Il dit que je dois aller les voir.

Mais je ne peux pas, je ne peux pas le laisser sortir.

Il ne sait pas comment c'est dehors : le froid, le noir, le mal et la peur…

Moi, je sais, je l'aide, je le protège, il comprendra, il comprendra après.

Tous les soirs, je sors, je m'occupe d'eux, du petit et du vieux, puis je vais voir le maître et je m'entraîne.

Je sais qu'il y aura du combat encore, bientôt, tout n'est pas fini.

SIMON

Il lui avait pris la main, c'était déjà énorme !

Bien sûr, il avait connu certaines aventures déjantées, certaines rencontres éminemment sensuelles, mais jamais le simple contact d'une main dans la sienne ne l'avait à ce point transporté.

Ils restèrent là, immobiles, silencieux, une seconde ou dix minutes, qui sait.

Il lui sourit, elle répondit à son sourire et le crépuscule s'illumina ; tout semblait simple alors, la ville et son trafic, les passants qui les bousculaient… Tout avait disparu, ils étaient seuls, seuls au monde dans une bulle de silence et de ravissement… Quand ils se furent suffisamment regardés, il parla :

— Chinois ou italien ?

— Pardon ?

— Le restaurant… J'imagine qu'à cette heure vous devez commencer à avoir faim, je peux tenter une invitation ?

— Euh… italien…

— *Presto, signora !*

216

Il n'avait, jusque-là, pas lâché sa main ; et ne savait, à présent, comment l'amener jusqu'à la voiture, comme si ce petit échange badin avait mobilisé toute sa réserve de forfanterie.

Avec cette femme, tout devenait profond, important, il se sentit soudain complètement désarmé, il amena sa main à elle contre sa joue à lui et l'y retint, respirant son odeur, aspirant sa chaleur... pour se donner du courage et faire bonne figure, pour ne pas céder au vertige.

Le restaurant était tranquille, les lumières tamisées ; tout naturellement, le garçon à l'entrée les avait dirigés vers une petite table, dans un coin retiré ; ils en ressentirent une certaine gêne, comme si tout dans leur apparence trahissait leur trouble et leur besoin d'intimité.

Le repas était bon, fort heureusement, car aucun des deux n'arrivait à alimenter durablement la conversation.

Simon se rendit compte que cela ne le gênait pas outre mesure, c'était pourtant très inhabituel : partager de longs silences avec une inconnue, dans une sorte de complicité muette ; comme si chacun avait compris que l'heure n'était pas aux paroles, qu'il fallait d'abord apprivoiser les silences.

Dans son milieu, volontiers cynique, il est tellement coutumier de se présenter, de s'expliquer, de se commenter ; il est si rare d'écouter le langage du corps, de laisser s'ouvrir le dialogue des yeux, de ressentir, tranquillement, la vibration de l'autre avant de s'aventurer dans son périmètre intime.

Tous deux appréciaient cette étape, cette progression fragile qui, vue de l'extérieur, pouvait sembler gênante.

Ils ne commandèrent pas de dessert, retournèrent à la voiture en prenant soin de laisser de l'espace entre eux, comme si tout contact eût été dangereux.

En la ramenant chez elle, Simon était dévoré de sensations contradictoires : la présence silencieuse de Naëlle à ses côtés suffisait à l'apaiser, incroyablement ; l'atmosphère de l'habitacle en était modifiée, plus légère, plus sereine, plus belle ; et dans le même temps, un torrent débridé de désirs grondait en lui, qu'il savait devoir maîtriser. À chaque changement de vitesse, il s'obligeait à garder la main droite sur le pommeau du levier, frôlant imperceptiblement le léger tissu mauve de sa robe.

Il avait beau rouler ridiculement lentement, le parvis de Saint-Gilles se profilait derrière le prochain feu ; il faudrait bien trouver une contenance.

Naëlle n'avait pas paru surprise qu'il ne lui demande pas son adresse et la ramène ainsi chez elle : en fait, tout ce qui était normal, évident, logique semblait lui être étranger, ce premier rendez-vous correspondait si peu au schéma traditionnel des rencontres.

Simon, intrigué, n'en était que plus séduit.

Il arrêta la voiture, en fit le tour, ouvrit la portière, l'aida à sortir du véhicule, lui saisit à nouveau la main et, l'attirant à lui, la plaqua contre sa poitrine.

Cette fois, il ne recula pas, leurs souffles, si proches, se mêlaient ; le vent, voulant ajouter à la tourmente, soulevait leurs cheveux, donnant à chaque mèche une vie propre, leur indiquant la marche à suivre, frôlant sa joue, glissant sur ses lèvres... Intenses frissons.

Un léger duvet blond brillait près de son oreille, si fine, si parfaite, joli coquillage où il avait tant envie de se glisser.

Sa bouche pulpeuse, parfaitement ourlée, restait légèrement entrouverte, dévoilant la nacre étincelante de ses dents. Il pensa à Vénus sortant des ondes, à cause des coquillages, sans doute, mais aussi parce qu'il émanait d'elle une énergie de début du monde, force vitale, primitive, irrésistible.

Son regard remonta vers le nez, suivant la trace de l'ange, entre lèvres et narines, si précise, si marquée. Comme si le doigt de l'ange qui, dit-on, impose le silence aux nouveau-nés omniscients s'y était longuement attardé ; son souffle léger, précipité, palpitant trahissait son trouble ; tandis que ses yeux, calmes étendues lacustres, plongeaient dans son âme avec un abandon confiant et tranquille.

Qui franchit les quelques centimètres restants ?

Le premier baiser fut hésitant, éclaireur attentif, prudent.

Leurs lèvres se reconnurent d'abord en légers frôlements, s'apprivoisèrent, trouvèrent leurs correspondances ; ils s'embrassaient comme on boit à une source d'eau pure, vive, après une longue et insidieuse déshydratation.

Il pensa qu'il pourrait la boire ainsi le reste de sa vie, passa les mains dans sa chevelure, gardant son visage plaqué contre le sien... Ne plus faire qu'un avec elle, ressentir sa douceur fraîche, explorer l'émail lisse de ses dents, suçoter ses lèvres avec le plaisir innocent et total d'un enfant, c'était ce qu'il souhaitait, c'était ce qu'il attendait… Si nouveau et tellement ancien, éternellement recommencé, ce sentiment de début du monde, de début de la vie.

Elle s'inclina vers l'arrière, offerte, la tête reposant confiante dans sa main gauche, les yeux mi-clos, répondant avec la même passion gourmande à ses baisers.

Il descendit le bras droit le long de son épaule, l'enserrant à la taille, sans cesser de l'embrasser ; leurs deux corps, soudés à présent, tanguaient lentement au gré d'une mélodie silencieuse.

Autour d'eux, le vent se donnait vainement des allures de tempête, rien ne pouvait les distraire de leur exploration muette.

Son désir était violent, impérieux, mais il voulait d'abord vivre ce moment pleinement, ressentir chacune de ses vibrations avec douceur et attention ; l'instant était unique, le premier jour de sa vie ! Tellement bateau tout ça, mais qu'importe, dans chaque fibre de son être, il désirait que cet instant soit le premier, le tout premier.

N'avoir rien vécu avant, n'avoir rien senti avant !

Lentement, elle quitta sa bouche avec d'infinies précautions, s'approcha de son oreille, murmura de sa voix grave au timbre un peu voilé ce qui semblait être un merci.

Puis, se dégageant, lentement, comme on se disloque, elle reprit quelques centimètres de distance, un sourire ravi au coin des yeux ; le regarda, longtemps, posément, puis rentra chez elle, sans un mot.

... Ne pas la retenir, accepter son rythme, c'était difficile mais ça lui convenait.

La vie fourmillait en lui, million de petites bulles pétillant à travers ses artères. Vivant, il se sentait vivant.

Il regarda la façade sombre de l'immeuble et la fenêtre du quatrième étage qui s'illumina rapidement.

Impossible de rentrer chez lui dans l'état d'agitation où il se trouvait, il voulait rester près d'elle, au plus près, encore, encore un peu.

Un bar l'accueillit, de l'autre côté du parvis.

L'endroit s'appelait « La Maison du Peuple » mais, de populaire, il n'avait gardé que le nom : c'était le nouveau lieu branché du coin, trop hype, trop bruyant pour Simon à cet instant, mais la musique était bonne, mixant jazz et world.

Le cadre, soigné, sobre, dépouillé, l'apparentait à tant d'établissements du même type à Londres, Berlin, Amsterdam ou Hambourg... Tout finissait par se ressembler tellement, partout... Mais la tempête qui grondait dans sa tête se moquait bien du lieu, du temps ; il savait juste que d'ici, de son poste d'observation, il pouvait voir sa fenêtre, la deviner encore, veiller, de loin, sur son sommeil ; s'imaginer, assis, silencieux, dans un coin de sa chambre à la regarder dormir... des pensées, comme des bulles, échappées de son corps pour se poser sur ses paupières et lui assurer un sommeil paisible.

NAËLLE

Quand elle l'avait vu marcher vers elle, déterminé, insensible aux voitures qui le frôlaient, elle avait immédiatement su que sa vie était en train de basculer.

Il lui prit la main.

Immobiles, silencieux, perdus l'un dans l'autre, une seconde, une éternité... le reste du monde avait disparu.

Il lui sourit, lui parla, elle dut sans doute lui répondre quelque chose ; il l'entraîna jusqu'à sa voiture, guida sa main à elle vers sa joue à lui.

Elle sentait contre sa paume et la pulpe de ses doigts le contact râpeux de sa barbe renaissante, exactement tel qu'elle l'avait imaginé lorsqu'elle l'avait vu cette première fois, dans le métro.

Contre le dos de sa main, les phalanges, fermes, chaudes et douces, imprimaient un lent mouvement, comme un enfant se caresse le visage avec sa peluche préférée, et elle aima cette image, elle qui n'avait aucun souvenir d'enfance, aucune poupée oubliée au fond d'un placard, aucun souvenir de doudou consolant.

Elle lui sourit.

La soirée se déroula, irréelle ; son esprit flottait autour du couple qu'elle formait avec lui ; elle était là et à côté de là, se demandant si son imagination lui jouait des tours, si elle était réellement en train de vivre ce moment ou si ce rêve, comme ça lui arrivait parfois, avait d'incroyables relents de réalité.

Il semblait accepter ses silences, ne pas vouloir savoir tout, tout de suite, y trouver même un certain intérêt.

Le retour en voiture fut trop court. Pour la première fois elle appréciait la promiscuité d'un véhicule ; sa main droite lui frôlait la cuisse à chaque changement de vitesse, elle en sentait la chaleur à travers le mince tissu de sa robe ; la gauche, tranquille, assurée, reposait sur le volant, comme en attente, si rassurante ; et les rues défilaient trop vite, il ne pouvait pourtant rouler plus lentement !

Il la ramena chez elle très naturellement, comme s'il avait toujours su qu'elle habitait là, et ça non plus ne l'étonna pas : elle l'avait accepté, d'emblée, il était dans sa vie, maintenant.

Sans savoir quel rôle il pourrait y jouer, c'était la première fois qu'elle laissait quelqu'un... un homme... entrer ainsi dans son territoire intime.

Quand il l'aida à sortir de la voiture, elle ne résista pas à l'élan qui la cala dans ses bras.

Elle n'avait jamais posé les lèvres sur d'autres lèvres, n'avait jamais été embrassée !

Parfois, certaines pensionnaires de l'institut racontaient leurs flirts, et ces récits naïfs ou crus l'amenaient toujours au bord de la nausée ; ce n'était pas pour elle, elle en était persuadée.

Là, tout son corps n'aspirait qu'à se mêler à celui de cet homme ; ses cheveux, délivrés, exploraient sa joue, frôlaient ses lèvres, éclaireurs impertinents, autonomes.

Sa nuque ploya, s'abandonna au mouvement ; il retint sa tête avec une main, semblant de l'autre diriger ses gestes malhabiles.

Elle se coulait en lui, s'enroulait autour de sa langue, goûtait la fraîcheur bienfaisante de ses lèvres.

Ils dansaient maintenant, ne formant plus qu'un corps, ballotté par le vent furieux.

Il la plaquait si étroitement contre lui, son désir était si évident qu'elle fut prise d'une vague de panique... Jamais elle ne s'était sentie aussi vivante, aussi présente, mais il fallait qu'elle consente à laisser tomber tellement de barrières, ils avaient déjà fait un tel chemin en si peu de temps, son corps vibrait sous ses caresses, il lui donnait vie en la touchant, pâte pétrie ou terre modelée, elle sentait la vraie densité de sa chair, sa présence réelle, physique, tangible dans ce monde, pour la première fois.

Mais... elle imaginait bien que ce ne serait pas suffisant pour lui ; qu'il voudrait plus, plus fort, encore... Et elle ne pouvait pas, pas tout de suite... Elle venait de partager tant d'intimité, pour la première fois ; il fallait qu'elle se retrouve, qu'elle se recentre. Il aurait fallu pouvoir lui expliquer, calmement, il aurait fallu pouvoir se raconter, explorer ces maigres lambeaux de mémoire qui lui tenaient lieu de racines, et ce n'était pas le moment.

Elle se dégagea doucement de ses bras, guettant au fond de ses yeux la patience, la certitude qu'il pourrait attendre, un peu... qu'il pourrait la comprendre.

Elle crut l'y voir et rentra chez elle.

Elle alluma, plaquée contre la porte, le souffle court, le cœur battant à tout rompre ; Nicolas marquait son territoire, se frottant amoureusement contre ses jambes... Il sentait bien qu'un autre y avait laissé sa trace, indélébile.

Des myriades de papillons dans son ventre se débattaient furieusement !

Elle avait parfois lu cette expression dans certains romans à l'eau de rose, se demandant ce que ça pouvait bien signifier... Mais là, pour le coup, elle la trouvait tellement juste ! Et la colonie de coléoptères volants ne voulait pas quitter son corps : délicieux, douloureux, inimaginable phénomène...

Elle décida de prendre une longue douche chaude pour se calmer.

L'eau ruisselait sur son dos, du bout des doigts elle parcourait son corps mince et ferme, imaginant encore ses mains à lui, ses caresses sur ses bras, ses seins, ses hanches... Il fallait qu'elle apaise cette palpitation qui habitait tout son corps ; en descendant encore, elle longea la cicatrice qui lui barrait le pubis. Un long frisson glacé l'envahit, comme toujours lorsqu'elle approchait cette région meurtrie de son corps.

Elle n'était pas prête encore, non pas encore.

L'AUTRE

Ç a y est, cette putain de corde vient de lâcher !

Vite, dégager les chevilles : je dois me libérer avant que le petit crétin ne vienne.

L'interrupteur est dans le couloir, merde, impossible d'ouvrir la porte… Trouver un objet, quelque chose, pour l'accueillir.

Oui, le conduit d'alimentation d'eau, plus raccordé depuis longtemps, c'est bien, ça fera l'affaire.

Viens, mon gaillard, viens, j'attendrai le temps qu'il faudra, accroupi, face à la porte avec ce tuyau de métal à la main, il ne verra rien venir, le petit con, pas encore mort, le vieux, pas encore mort !

SIMON

Il venait de régler l'addition, s'apprêtait à partir ;
la fenêtre de Naëlle était sombre depuis longtemps
mais il était resté là, à imaginer son appartement, les
couleurs de sa vie, les parfums de sa chambre, se
demandant s'il pourrait un jour y entrer.

Toutes les questions qu'il avait refoulées se bousculaient à présent dans sa tête : était-elle célibataire…
À quoi ressemblait-elle enfant… Est-ce qu'elle aimait
la mer, et le jazz, et les randonnées en montagne, et
les feux de bois, et les crêpes quand il pleut dehors,
et le cinéma, et…

Il ne pouvait s'empêcher de projeter tous ces rêves
de douceur et d'harmonie.

Il sourit en enfilant sa veste… Ils auraient le
temps… Ils avaient la vie devant eux : le plus difficile
avait été de la trouver, elle, l'attendue, l'espérée… La
savoir là, endormie, à quelques mètres, suffisait à son
bonheur.

Il s'apprêtait à quitter le bistrot lorsqu'il vit Naëlle
ressortir de son immeuble ; elle s'était changée, avait

passé une tenue sportive, mais c'était bien elle ; il se dit, amusé, qu'il reconnaissait déjà sa démarche.

Pensant qu'elle avait changé d'avis et qu'elle venait le rejoindre, il se précipita au-dehors.

— Naëlle !

La mince silhouette ne ralentit pas la cadence, ne lui jeta pas un regard ; il crut qu'elle ne l'avait pas entendu et se dirigea vers elle ; elle accéléra l'allure jusqu'à adopter un petit trot, léger, en sportive accomplie.

Elle devait probablement faire ainsi un jogging tous les soirs, peut-être en écoutant ses musiques favorites sur un iPod, raison pour laquelle elle ne l'avait pas entendu… Mais son allure était maintenant plus difficile à suivre, et Simon, moins entraîné, n'arrivait pas à la rattraper.

Il avait renoncé à crier son nom, et, à présent, son orgueil l'incitait à tenter de la rejoindre en silence.

À la réflexion, peut-être n'apprécierait-elle pas la surprise, peut-être se sentirait-elle suivie, surveillée… Ce n'était évidemment pas son intention ; il s'arrêta, prêt à faire demi-tour ; mais, là, il comprit qu'il était complètement perdu : il ne connaissait pas le quartier, ne savait pas comment retrouver sa voiture et ça faisait déjà un bout de temps qu'ils trottinaient.

Il se remit donc à la suivre, à distance, résolu à ce qu'elle ne le voie pas ; il ne voulait pas, par cette maladresse, gâcher leur première rencontre ; elle finirait bien, une fois son circuit terminé, par revenir chez elle, et lui pourrait alors retrouver sa voiture !

Mais cette promenade de santé n'en finissait décidément pas ; il allait se résoudre à héler le prochain taxi quand, enfin, elle ralentit sa course.

Ils ne semblaient pas du tout être revenus à leur point de départ, néanmoins, Naëlle s'engouffra dans le jardinet d'une maison à l'aspect délabré... Cette balade prenait un curieux tour.

Le quartier était désert, peu éclairé et, à bien y réfléchir, toute son attitude avait été bizarre depuis qu'elle était sortie de chez elle... Peut-être s'était-elle fourrée dans une situation délicate et avait-elle besoin d'aide... Qu'est-ce qu'elle pouvait bien aller faire dans un tel endroit ? Il osait à peine se l'avouer, mais peut-être était-il aussi animé par une curiosité malsaine... Quoi qu'il en soit, l'heure n'était pas à la délibération, il avait déjà dépassé les limites d'un comportement normal et justifiable, alors, un peu plus, un peu moins... Il continua donc à la suivre.

Elle avait longé le côté droit de la maison, puis avait disparu dans la pénombre, il en conclut qu'une porte devait se trouver là

Rapidement, la maigre lumière des réverbères de la rue ne suffit plus à éclairer sa progression, il fut donc contraint de se guider en suivant le mur envahi de lierre et de vigne vierge.

Sous ses doigts, il crut sentir le chambranle d'une porte ; la poignée qu'il trouva à tâtons ne résista pas, on avait visiblement oublié de la verrouiller, il entra.

Une odeur d'humidité, de moisissure envahissait l'atmosphère ; les murs sur lesquels glissaient ses mains étaient froids, gras et suintants. Il n'osait appeler, un peu gêné de se trouver là sans y avoir été invité.

À un moment, sur la gauche du couloir qu'il arpentait, il sentit une autre porte... du bruit derrière... léger, imperceptible, un frémissement... La clé se trouvait dans la serrure, il ouvrit et entra dans la pièce, une odeur nauséabonde agressa immédiatement ses narines.

L'AUTRE

Ça y est, je l'entends !

Qu'est-ce qu'il fait ?

Il passe à côté de la porte et n'entre pas... Il se doute de quelque chose ?

Amène-toi, amène-toi, petit bâtard, que je te règle ton compte et qu'on ne parle plus jamais de tout ça.

Voilà, voilà, il revient, ça y est, il ouvre la porte.

Pas trop tôt !

À mon tour, gamin, amène-toi !

SIMON

La porte à peine entrebâillée, Simon avait perçu un mouvement dans le fond de la pièce ; l'obscurité était telle qu'il ne pouvait rien distinguer.

Il fit deux pas et, avant de comprendre ce qui lui arrivait, reçut un énorme coup sur la tête ; il vacilla, une douleur fulgurante lui transperçait le crâne, il se retrouva au sol mais ne perdit pas connaissance. Il fallait réagir, mais comment ? Jamais il n'avait été confronté à ce genre de situation ; son agresseur était toujours là, dans la pièce, Simon percevait sa respiration rauque ; il n'avait plus l'avantage de l'effet de surprise mais il était armé.

Avec quoi l'avait-il frappé ? Pas avec son poing, en tout cas !

Simon rampa, juste assez rapidement, pour éviter un second coup qui s'abattit à côté de lui ; le bruit de l'impact sur le sol ne laissait aucun doute, il s'agissait d'un objet métallique.

Un liquide visqueux et chaud coulait le long de sa tempe droite… Du sang ! La nausée lui monta aux lèvres ; il devait rester conscient, l'autre ne bougeait

232

pas, ne s'échappait pas, pourtant la porte était à présent ouverte, son but n'était donc pas simplement de sortir de cette pièce où il était enfermé... Non, il l'avait attendu, attaqué délibérément et continuait à le guetter.

Ne pas faire de bruit, trouver une issue.

Un cri lui avait échappé lors du premier assaut. Maintenant, ne plus faire de bruit, ne plus lui donner d'indice !

— Tu es là, petit salopard, j'aurai ta peau, pas encore crevé, le vieux, comme tu peux voir... Tu ne t'y attendais pas, à celle-là, hein, mon cochon.

L'homme avait parlé d'une voix rocailleuse, âpre, aux relents de tabac froid et de mauvais alcool.

Simon savait maintenant où l'autre se trouvait, il ne comprenait rien à son charabia, visiblement l'homme le prenait pour quelqu'un d'autre, mais l'essentiel était de l'immobiliser ; il bondit avec toute l'énergie qui lui restait vers l'endroit d'où provenaient les beuglements.

Il le heurta brutalement. L'autre était grand, massif ; l'objet métallique siffla au-dessus de sa tête, le ratant de peu ; Simon tenta de ceinturer l'homme mais il était maladroit, ne s'était jamais battu, ne savait pas à qui il avait affaire et, avant qu'il ait pu réagir, l'autre jeta son arme par terre et lui asséna un magistral coup de poing entre les deux yeux.

Simon tomba à la renverse, le crâne explosé de douleur.

Soudain, la lumière... Quelqu'un venait d'allumer ; il vit son agresseur au-dessus de lui, prêt à le frapper encore, puis un éclair noir traversa son champ de vision, heurta de plein fouet la haute silhouette qui vacilla sous le choc.

Simon perdit connaissance.

Je suis arrivé tard à la maison de l'autre, aujourd'hui, je ne sais pas pourquoi je me suis réveillé si tard.

Vite, aller donner à manger au petit, j'irai voir le vieux après.

Le petit va bien !

Maintenant, quand j'arrive, il vient tout de suite dans mes bras, il a compris que je voulais l'aider.

Il aime bien quand je lui chante les chansons de maman... Elles reviennent toutes dans ma tête, alors je les lui chante, en le berçant, doucement, comme faisait maman.

Il aime bien.

Du bruit !

Qu'est-ce que c'est ?

Quelqu'un est dans la maison !

Je dis au petit de ne pas bouger, de faire silence, que je vais revenir.

Je descends, je n'allume pas, j'entends encore, c'est dans la cave...

Le vieux ?

J'arrive, la porte est ouverte, la porte de là où je l'ai enfermé, il fait noir, j'allume.

Le vieux est là, debout, il a enlevé ses liens.

Par terre, quelqu'un d'autre est là, qui saigne...

Le vieux l'a frappé, il va le frapper encore !

L'empêcher, vite : un élan, rapide, je l'atteins au visage avec la jambe droite, tous les enseignements du maître défilent, « Qinna », enfoncer les doigts dans son épaule, saisir le muscle, démettre l'articulation, arrêter le flux de l'énergie ; crocheter le creux mastoïdien « Ryo-jiku-kabotoke »... Attaquer les points vitaux : « Dian-xue ; Na-xue »...

Non ! Non ! Je dois m'arrêter, le maître ne voudrait pas, on ne peut pas toucher les points vitaux, je dois m'arrêter, c'est difficile.

Le vieux est par terre, il ne bouge plus, il crie et râle, on dirait qu'il va pleurer.

Je m'arrête. C'est difficile. Je m'arrête pourtant.

Je le traîne, son corps est lourd, il racle le ciment, chaque mouvement lui arrache un cri de bête prise au piège.

Et je pense à maman, à tous les cris qu'elle a criés et personne, jamais, n'est venu.

Et maman est morte, oui, c'est ça, elle est morte, je le sais maintenant... Et le petit paquet aussi... Un bébé que c'était, un autre comme moi... Tous les jours, des choses me reviennent, tous les jours je comprends un peu plus les choses... Et ce qui me revient, c'est le mal et la peur et le froid et la mort et le noir de la nuit qui n'en finit pas... Et lui, là, toujours là !

Je pourrais le tuer, là, crever ses yeux que la mort commence déjà à embuer, mais je ne

suis pas lui, je ne suis pas comme lui, je ne
veux pas être comme lui, je veux juste l'empêcher de faire le mal encore.

L'attacher à nouveau, encore plus serré,
encore plus solide.

Son bras disloqué pend comme un oiseau
mort... Tant mieux, il ne pourra plus casser
la corde.

Je regarde l'autre, celui qui est au sol...
Est-ce qu'il est mort, est-ce que le vieux l'a
tué ?

Non, il respire !

Ses cheveux sont tout collés par le sang
qui coule de sa tête, je les dégage de son
front.

Alors, je vois son visage !

Je le connais, je le connais... C'est qui ? Je
ne sais pas, je ne sais pas mais je le connais !

Tout tourne, un grand vertige dans ma tête,
un trou noir qui m'aspire encore, une fois
encore, plus profond. Je ne peux pas partir,
pas maintenant, je ne peux pas plonger.

Le petit… le petit m'attend… il ne faut pas qu'il aie peur… non ! Pas maintenant… après… Je voudrais me lever, retourner dans la chambre près de lui… Je ne sais plus, je n'y arrive pas, je tombe…

Le noir.

V

… comme les questions sans réponse…

SIMON

La douleur lui vrillait les tempes !

Des décharges électriques à travers le crâne, il n'osait pas ouvrir les yeux.

Une main légère se posa sur son front.

Naëlle ?

Il réussit péniblement à entrouvrir ses paupières tuméfiées.

Non, ce n'était pas elle, c'était un petit garçon ; il pleurait, doucement, sans bruit, en lui caressant le visage.

Douloureusement, Simon se redressa, constata qu'il était dans une cave : des canalisations couraient le long du plafond bas à voussettes et les murs suintaient l'humidité.

Il faisait froid.

Un unique néon baignait l'endroit d'une lumière glauque, tremblotante.

En face de lui, un homme, assez âgé, ligoté, reposait sur son côté gauche, le visage écrasé sur le sol sale, il respirait bruyamment.

Quelque chose clochait dans sa silhouette étrange, Simon réalisa qu'un de ses bras ne semblait plus être dans le bon axe et donnait au vieil homme grimaçant l'allure d'un pantin désarticulé.

Le petit continuait de pleurer, silencieusement, une main posée sur son épaule.

Alors, Simon le reconnut : c'était le visage des affichettes apposées un peu partout en ville, le petit garçon disparu depuis des semaines… c'était bien lui !

— N'aie pas peur, tout va s'arranger, on va sortir d'ici.

Simon sentit le sol se dérober, la pièce entière basculer autour de lui, il trouva néanmoins la force de se lever ; le petit n'avait pas lâché son bras.

Une fois debout, il parvint à retrouver l'équilibre, les murs avaient cessé de danser, il pourrait marcher et sortir d'ici.

C'est alors qu'il la vit… Petite boule racrapotée sous l'évier, elle ne bougeait pas, le visage enfoui entre ses jambes repliées.

— Naëlle, Naëlle… c'est moi.

Elle releva la tête, c'était bien elle, mais… différente, le regard était différent.

Elle le regardait sans le voir.

Elle replongea entre ses genoux, resserrant plus étroitement encore ses bras autour de ses cuisses.

Elle portait une tenue de jogging noire dont la capuche relevée cachait en partie ses cheveux noués serré.

— Naëlle, ma belle, qu'est-ce qui se passe ?

— Ma belle ? Hahahaha… Ça c'est la meilleure !

244

Simon se retourna.

Le vieux, ligoté au sol, avait repris connaissance et le regardait, hilare. Même entravé, anéanti, l'homme était effrayant : un visage de vieux faune, aigu, osseux ; une épaisse tignasse de cheveux raides et gris ; des sourcils broussailleux, arqués, sous lesquels les yeux gris de glace le transperçaient.

— Tu l'appelles « ma belle » ? Oh oh ! T'entends ça, gamin ? Il t'appelle ma belle ! Pas étonnant qu'il t'ait suivi jusqu'ici... Oh le con !

Simon regarda Naëlle, elle n'avait pas relevé la tête, mais se balançait maintenant lentement sur place, les jointures de ses doigts étaient blanches tant elle était crispée dans cette position fœtale.

Qu'est-ce que c'était que ce délire ?

Il tenta de lui dégager le visage, de forcer son regard à croiser le sien, en vain : elle semblait taillée dans la pierre, inaccessible. Il rassembla toute sa force pour essayer de lui détacher les mains, elle poussa alors un cri rauque, animal, et tourna vers lui un visage transformé.

Rien n'y subsistait de la jeune femme farouche auprès de qui il venait de passer quelques heures inoubliables.

La peur... la peur et la haine se lisaient dans ses yeux.

Se sentant totalement impuissant, Simon prit son téléphone portable et forma le 112 pour appeler les secours.

À partir de là, les choses s'enchaînèrent très vite : les policiers dépêchés sur place établirent un rapide état des lieux, rédigèrent un procès-verbal, firent

245

quelques photos. Avant toute tentative de clarification, ils envoyèrent conformément à la procédure les quatre protagonistes vers l'hôpital le plus proche pour un bilan de santé primaire.

Les gyrophares animaient la rue, à présent balisée, de lueurs mouvantes et glacées. Des journalistes étaient déjà là (scannant les conversations de la police via le réseau Astrid, il n'était pas rare qu'ils soient sur les lieux avant les ambulances !), et les flashes crépitants de leurs appareils photo contribuaient à déstructurer la vision que Simon avait du chemin à parcourir pour sortir de cet enfer.

Soutenu par un ambulancier, il titubait et ne prenait même pas la peine de cacher aux photographes son visage, mitraillé de toutes parts.

Le vieux fut emmené aussi, allongé sur une civière, gémissant.

Le petit Adrien se cramponnait au cou d'un pompier.

Et Naëlle ? Naëlle, recroquevillée dans une ambulance, avait gardé la même position que dans la cave.

Ils l'avaient transportée ainsi : petit bloc minéral de souffrance.

Où était passée la flamme vive qui courait le long des quais ?

Où était le corps souple et frémissant qu'il avait tenu embrassé quelques heures plus tôt ?

En chemin vers l'hôpital, Simon tentait de recomposer ce puzzle infernal : qu'est-ce que Naëlle avait à voir avec l'enlèvement du petit Adrien Delforges ? Qui était cet homme ligoté ? Et, surtout, pourquoi n'avait-elle pas semblé le reconnaître, comment expliquer son comportement étrange ?

— Où m'emmenez-vous ?

— À Saint-Pierre, ne vous inquiétez pas, tout va bien se passer, vous avez probablement un léger traumatisme crânien, rien de bien méchant.

— Et les autres ?

— J'en sais rien. C'est une affaire judiciaire ! C'est pas de mon ressort, vous allez tous subir un examen médical plus approfondi, et puis la police vous interrogera probablement.

— Je pourrais voir la jeune femme qui était là ?

— Pas pour l'instant, en tout cas.

— Arrêtez-vous, je dois la rejoindre, je dois lui parler !

— Calmez-vous, mon vieux, ça ne sert à rien.

— Je ne suis pas votre vieux, et puis rendez-moi mon téléphone !

— On vous rendra toutes vos affaires quand la police vous aura interrogé.

— C'est un comble, je n'ai rien à voir dans tout ça !

— Peut-être, mais vous étiez sur les lieux, essayez de vous calmer ou je vais devoir vous administrer un tranquillisant !

Simon n'était visiblement pas en position de force, il se plia donc docilement aux divers examens médicaux, ne posa plus de questions et attendit la visite du commissaire.

*

— Donc, monsieur Bersic, vous dites avoir pénétré par effraction dans cette maison en suivant une certaine demoiselle Naëlle, dont vous ignorez le nom de famille, et qui se livrait à un jogging nocturne à plus de 7 kilomètres de son domicile, c'est bien ça ?

— Oui. Je sais, ça peut paraître bizarre mais je pensais qu'elle était peut-être en danger.

— Vous la connaissez depuis quand ?

— Euh... pas longtemps.

— Vous voulez vraiment que j'écrive ça dans mon rapport ?

— Non, mais c'est... plus compliqué...

— Ne vous inquiétez pas pour ça, je passe ma vie à débrouiller des histoires compliquées ! Tiens, à propos d'histoires... il y a un collègue qui pense que vous êtes un écrivain célèbre. C'est vrai ?

— Bien, s'il le pense, c'est peut-être vrai !

— Allons, allons, ne vous moquez pas de moi, c'est pas utile et vous savez que ça peut vous attirer des ennuis ; ceci dit, ma femme vous connaît peut-être, moi, je ne lis jamais : les bouquins, ça n'a jamais été mon truc ; mais elle, elle adore ça... surtout les histoires d'amour. Vous écrivez des histoires d'amour ?

Simon considéra avec plus d'attention son interlocuteur ; il n'était apparemment pas tombé sur un mauvais bougre ; ce commissaire semblait plus bourru que désagréable.

Quelques douloureuses expériences de frictions musclées avec des forces de l'ordre durant sa jeunesse l'avaient amené à considérer tout policier avec une certaine suspicion ; mais là, il comprit rapidement

248

que cet homme était, dans l'immédiat, son seul lien avec Naëlle, il se résolut donc à lui raconter toute l'histoire.

Après l'avoir écouté en gribouillant sur son carnet de notes, le commissaire reprit :

— D'accord ! Donc, je résume : nous avons à faire à un coup de foudre ! C'est bien ce que je disais, motif passionnel. Et vous ne saviez pas du tout où vous mettiez les doigts ?

— Non, mais j'espère que vous allez pouvoir m'éclairer.

— Vous ne regardez jamais les séries à la télé ? Le secret de l'instruction, vous ne connaissez pas ?

— Oh, s'il vous plaît, d'abord, vous n'êtes pas juge !

— Monsieur Bersic, vous n'avez aucun lien de parenté avec les trois autres personnes présentes dans cette cave, et jusqu'à preuve du contraire, vous êtes mêlé à un kidnapping, je vous conseille donc de vous calmer et de vous contenter de répondre à mes questions !

Et voilà, une nuit en garde à vue !

Simon chercha le bon côté des choses : l'aube allait de toute façon bientôt pointer son nez ; il n'était pas gravement blessé ; Naëlle non plus, apparemment ; le petit Adrien allait retrouver sa famille… et tout ça lui fournirait peut-être matière à une nouvelle et rocambolesque histoire !

— Bon, vous êtes calmé ? Vous voulez un café ?

La lumière du petit matin se frayait péniblement un passage à travers la vitre sale et doublée de barreaux de la minuscule cellule où Simon avait tenté en vain de dormir durant quelques heures.

— La bonne nouvelle, c'est qu'on va vous libérer : le gamin et le vieux ont confirmé ne vous avoir jamais vu avant hier soir ; vous êtes donc hors d'affaire pour ce qui est du kidnapping ; il reste l'intrusion avec effraction dans le domicile, mais, compte tenu des circonstances, ça ne justifie pas une arrestation, on en reparlera plus tard ; par contre, pour ce qui est de votre copine, c'est pas simple… J'ai même envie de dire que ça a l'air très compliqué !

Vous avez toujours envie de l'aider ?

Vous avez un bon avocat ?

Alors, allez le voir, ça peut toujours servir.

*

Effectivement, l'avocat de Simon pouvait avoir accès assez facilement à certains dossiers.

Ainsi, ils apprirent que Naëlle s'appelait en réalité Nathanaëlle Jonasson, probablement née en 1988, fille de Liliane Jonasson (1961-1996) et de père inconnu ; que le vieux de la cave était son grand-père, Armand Jonasson, recherché depuis quatorze ans pour séquestration de sa fille Liliane et de ses deux petits-enfants, pour non-assistance à personne en danger, ayant entraîné la mort de Liliane Jonasson et de son bébé, et pour infanticide (ou complicité d'infanticide…), trois cadavres de bébés décédés depuis plusieurs années ayant été retrouvés lors des fouilles effectuées dans le jardin de son domicile en 1996.

250

Naëlle, transférée dans un hôpital psychiatrique, dans un état de mutisme total, ne pouvait recevoir aucune visite pour l'instant.

Simon, impuissant, abasourdi, ne savait par où commencer.

Il se rendit chez les Delforge. Ceux-ci redoutaient de replonger leur fils dans les affres de cette terrible affaire, mais, considérant que l'intervention de Naëlle et surtout celle de Simon avaient contribué à la libération de leur enfant, ils lui avaient proposé de venir voir Adrien à leur domicile.

C'était une journée assez clémente, l'air était plus doux, la lumière, différente, donnait à voir les premiers bourgeons, timides.

Le jeune garçon se balançait mollement sur un siège de corde accroché à un arbre, dans le fond du jardin ; ses pieds traînant sur le sol semblaient y dessiner des motifs entrelacés.

Les psychologues pensaient qu'il avait bien surmonté l'épreuve, que cette épouvantable séquestration ne semblait pas avoir induit chez lui de syndrome de stress post-traumatique ; mais qui peut savoir ce qui est enfoui, et quand ça ressortira.

— Bonjour Adrien, tu vas bien ?

— Oui.

— Tu as retrouvé tes parents, ta maison… C'est bien.

— Oui.

— Tu vas retourner à l'école, revoir tes copains ?

— Pas tout de suite, mes parents disent que je ne suis pas encore prêt.

251

— Tu es un petit bonhomme drôlement courageux !

— Je ne crois pas, pas vraiment, je pleurais tout le temps là-bas, j'avais peur.

— C'est ça, le courage : c'est passer au-dessus de sa peur.

— La dame aussi avait peur, je le sentais bien, mais elle revenait quand même s'occuper de moi.

— Elle venait te voir tous les jours ?

— Oui, elle empêchait le méchant monsieur de me faire du mal !

— Tu vois, elle aussi était très courageuse.

— Oui, elle oui... Elle va bien ?

— Je crois qu'elle va bien, oui.

— Elle me chantait des chansons, je voudrais bien la voir encore, et lui dire merci.

— Je le lui dirai pour toi, un jour... Et puis, j'espère qu'elle pourra venir te voir, elle aussi !

Simon se balança un moment dans le fond de ce jardin, à côté de son petit compagnon, se demandant si celui-ci arriverait un jour à faire le deuil de son innocence perdue.

Il regardait les jambes si pâles, si frêles, noyées dans des chaussettes trop larges, retombant sur ses baskets maculées de boue.

Comment pouvait-on ?

Comment ce monstre avait-il pu ?

L'horreur de la situation lui explosa à l'esprit ; il revit Lucas, son propre fils au même âge ; une rage sourde lui fit crisper les poings.

Il caressa la tête du petit, lui dit qu'il reviendrait bientôt le voir et lui donner des nouvelles de la dame, que c'était lui qui allait s'occuper d'elle maintenant. Cette promesse l'aida à se remettre debout. Il savait qu'il n'était plus le même, il avait vu, brutalement, un monde bien plus sauvage et violent qu'il n'aurait pu l'imaginer.

Et c'était ce monde-là que Naëlle avait connu, et c'était dans ce monde-là qu'elle était retournée à présent... seule.

Simon considéra longuement le visage grave de l'enfant, son regard confiant, et se dit qu'il tiendrait la promesse qu'il lui avait faite, qu'il s'était faite.

Ils étaient probablement les seules personnes à se soucier de Naëlle aujourd'hui, à s'inquiéter du sort qui lui était réservé.

Il quitta la petite maison bourgeoise et tranquille des Delforge avec cette certitude : il ferait l'impossible pour l'aider, la ramener au jour, lui faire quitter la nuit où elle semblait s'être définitivement réfugiée.

Les choses ne seraient pas simples, il le savait, mais désormais, rien ne l'arrêterait... Il ne connaissait pas cette femme, l'avait à peine croisée, à peine touchée, mais il savait que son avenir était lié au sien, comme lorsqu'on donne la vie : on prend brutalement conscience de l'attachement total et irréversible qui nous lie à cet être qu'on a amené au monde ; ainsi, il se promit de ramener Naëlle à la vie, à une autre vie que celle qu'elle avait connue jusque-là !

Après un premier bilan médical, Naëlle avait été placée en HO (hospitalisation d'office) en raison de son passé psychiatrique et du caractère potentiellement dangereux qu'elle présentait : il avait été en effet rapidement établi que les blessures impressionnantes infligées à Armand Jonasson l'avaient été par Naëlle, ou plutôt par Nathanaëlle, puisque c'était ce prénom qui figurait dans les rapports.

Elle était donc à présent au CHP d'Anderlecht, dans l'unité des malades difficiles, bien que son état de torpeur ne puisse justifier une telle surveillance !

Les médecins espéraient, à doses massives de neuroleptiques, la faire sortir de cet état autistique afin de la confronter à un interrogatoire policier et de comprendre ainsi ce qui avait bien pu se passer dans cette cave.

Simon, lui, était totalement innocenté dans cette affaire, les témoignages croisés du petit Adrien et d'Armand Jonasson l'ayant disculpé, ce dernier adoptant le profil confortable du vieil homme irresponsable et abusé.

Le plus insupportable était de ne pas la voir : n'ayant aucun lien officiel avec Nathanaëlle Jonasson, il ne parvenait pas à obtenir d'autorisation de visite !

Néanmoins, le docteur Rousseau, chef du service où elle était internée, consentit à le recevoir.

— Je ne peux malheureusement pas vous aider pour l'instant, cher monsieur : elle reste complètement hermétique aux traitements et ne répond à aucun stimulus, nous sommes impuissants.

— Pouvez-vous identifier clairement son problème ?

— Difficile à dire, étant donné le peu de renseignements dont nous disposons ; il s'agit très probablement d'une forme de schizophrénie catatonique dans la phase actuelle… Alors, paranoïde, hébéphré-nique… Difficile de se prononcer.

— Docteur, vous imaginez bien que je ne com-prends rien à ce jargon technique, vous ne pouvez pas être un peu plus… abordable ?

— Excusez-moi… l'habitude. Je vais essayer de synthétiser : d'après les éléments d'enquête, le vague suivi dont nous disposons et votre témoignage, je dirais que votre amie souffre de troubles dissociatifs consécutifs à un syndrome de stress post-traumati-que.

— Et vous pouvez identifier ce stress ?

— Pas au stade actuel ; il faudrait qu'elle commu-nique, qu'elle nous raconte ce qu'elle a vécu ! Vous savez, il s'agit probablement d'une douleur très ancienne, les enfants peuvent traverser des épreuves terribles dans leur vie, des expériences inimagi-nables… Pour certains d'entre eux, la douleur est trop lourde à porter et laisse des traces indélébiles.

— Mais vous pouvez tout de même obtenir des renseignements auprès des institutions qu'elle a fré-quentées, il doit bien y avoir un suivi, un dossier médical, je ne sais pas.

— Nous ne relevons pas de la même région, et vous connaissez comme moi les lenteurs administra-tives… Nous finirons sans doute par obtenir des bribes d'information, mais après combien de temps ? Voyez-vous, il n'y a aucun enjeu politique ou policier dans son cas : le criminel est arrêté, il ne veut rien expliquer, mais ce monstre est sous les verrous, tout le monde est content… Votre amie n'est qu'une malade de plus dans un système engorgé. Pour quelle raison voulez-vous que ces vénérables institutions judiciaires et administratives se mettent en branle ? Elles n'ont aucun intérêt à remuer toute cette boue !

— Pouvez-vous me prévenir si son état s'améliore ?

— Rien ne m'y oblige, mais je dois bien constater que personne n'a manifesté le moindre intérêt pour cette patiente, je vous tiendrai donc au courant en priorité.

L'étape suivante était l'accès aux dossiers en cours d'instruction.

Encore plus ardu, même avec le concours de son avocat. Dans cette quête de la vérité, Simon se heurtait aux interdits cumulés : secret de l'instruction, secret médical, désir de ne pas ressortir de vieux dossiers mal ficelés… Il avait l'impression d'être le seul à vouloir débrouiller cette affaire !

Il retourna voir le commissaire ; malgré la nuit de garde à vue que ce dernier lui avait imposée, il avait l'intuition de pouvoir attendrir cet homme, d'obtenir son aide ; de toute façon, il fallait bien démêler cette pelote, alors, autant commencer par ce bout-là !

— Déjà de retour, monsieur Bersic, je vous manquais ?

— Si on veut. Bonjour.

— Ah, dites donc, j'ai parlé de vous à ma femme, vous savez quoi, elle vous connaît bien, elle a lu vos bouquins !

— Vous m'en voyez ravi.

256

— Elle voudrait un autographe, difficile de lui donner votre procès-verbal en guise de souvenir.

— C'est de l'humour policier ?

— Mais oui. Oh, allez, ne vous formalisez pas ! N'empêche, un petit mot, ça lui ferait plaisir... Je peux vous dire qu'elle m'a remonté les bretelles quand je lui ai dit que je vous avais placé en garde à vue !

D'autant que vous êtes devenu une sorte de héros maintenant, vous faites la une de tous les journaux ! Je peux vous dire qu'elle aurait préféré vous avoir à la maison, elle aurait mis les petits plats dans les grands ; aux petits oignons que vous auriez été traité... Pas comme ici !

Simon réalisa qu'il n'avait pas prêté la moindre attention à ce détail : les journalistes et paparazzis avaient évidemment fait leurs choux gras de cette affaire, le présentant d'abord comme présumé complice du kidnappeur, l'associant ainsi à de sordides histoires de mœurs, puis comme sauveur du petit Adrien...

Le résultat le plus immédiat avait été une hausse substantielle de la vente de ses romans, mais c'était bien la dernière chose à laquelle Simon s'intéressait pour l'instant.

— Eh bien, commissaire, dit-il avec un sourire complice, j'écrirai volontiers tout ce que vous voulez à votre épouse, mais j'ai un service à vous demander.

— Là, vous me faites peur...

— Donnez-moi la possibilité de remonter jusqu'à l'enfance de Naëlle Jonasson. Je sais que je n'ai pas le droit, légalement, d'avoir accès à ces documents, mais je viens de l'hôpital où elle est internée, et je veux la sortir de là !

— Oh, ma femme va adorer ça ! Les histoires d'amour… c'est vraiment son truc ! Bon, revenez lundi prochain, je vais voir ce que je peux faire.

Simon sortit du commissariat l'esprit un peu plus léger. Le plus insupportable dans cette situation était ce sentiment d'impuissance qui le submergeait depuis qu'il avait vu Naëlle disparaître dans cette ambulance ; la perspective d'un début de piste lui redonna un peu d'espoir.

Il prit conscience alors qu'il était épuisé et n'avait rien mangé de la journée.

Le printemps semblait bien décidé à vaincre l'hiver, un soleil pâle réchauffait les rues ; il marcha pour s'aérer la tête, puis entra dans un bistrot prendre un repas.

De retour chez lui, il rédigea la troisième demande d'autorisation de visiter Naëlle Jonasson – il ne pouvait se résoudre à l'appeler autrement – dans l'hôpital psychiatrique où elle était internée ; enfin, il s'endormit, plongeant, rageur, au cœur d'une nuit paranoïaque peuplée d'obstacles et de zones d'ombre.

*

— Eh bien, j'ai pas mal de choses pour vous, monsieur Bersic, ça a du bon d'être un vieux de la vieille dans cette maison ! lui lança le commissaire, la mine réjouie. Vous savez, les dossiers anciens ont tendance à disparaître si on ne met pas un peu de bonne volonté dans la recherche… Enfin, j'ai une…

camarade aux archives, mais ça… vous n'êtes pas obligé d'en parler à ma femme si vous la rencontrez… Quoi qu'il en soit, elle m'a donné un coup de main.

Simon sourit poliment : impatient d'accéder au dossier promis, il n'avait aucune envie d'alimenter la conversation ni d'ajouter un quelconque commentaire.

— Oui, bon, alors, je vous lis ce que j'ai obtenu : « Le 17 mai 1996, un rapport du lieutenant Massart nous apprend que, suite à l'intervention des pompiers, les policiers ont trouvé une cache dans une maison unifamiliale isolée, sise au 112, rue de l'Égouttoir.

Dans cette cave grossièrement insonorisée, dissimulée derrière des étagères pivotantes, ils ont récupéré deux enfants, âgés approximativement de douze et huit ans, ainsi que les cadavres d'une jeune femme et de son bébé.

Ces personnes étaient visiblement toutes séquestrées là et la mère est probablement décédée en accouchant. La jeune femme était Liliane Jonasson, née en 1961, fille d'Armand et Lyne Jonasson, les propriétaires de la maison. Les époux Jonasson avaient précédemment déclaré la disparition de leur fille unique le 16 janvier 1978.

Depuis, plus personne n'avait revu la jeune fille, mais le dossier mentionnait diverses lettres envoyées à ses parents de l'étranger et remises par le père à la police… probablement pour faire diversion. Les deux enfants survivants ont été confiés au service pédopsychiatrique du CHU de Molenbeek… Là, désolé, mais on entre dans le domaine médical et, vous savez, ces gens-là ne rigolent pas avec le secret professionnel… Tout ce que je peux faire pour vous, c'est vous donner les coordonnées du chef de service de l'époque, un certain docteur Romgal.

Simon cacha du mieux qu'il put sa déception : ce rapport ne lui apportait que peu d'informations nouvelles.

Il remercia le commissaire, lui promettant un exemplaire spécialement dédicacé de son prochain roman, et glissa dans la poche de son veston le bout de papier sur lequel figuraient les coordonnées de ce chef de service.

— Et, mon vieux, ne partez pas si vite, j'ai oublié le principal, revenez !

Voilà, on a un petit souci, c'est que… votre amie a l'air d'être terriblement seule dans la vie : l'unique parent dont nous ayons les coordonnées est son grand-père, et il est à l'ombre pour pas mal de temps, alors, je me disais que, peut-être, vous pourriez gérer les choses en son absence. Enfin, si ça vous intéresse !

Personne ne vous y oblige, bien sûr ! J'ai ici les clés de son appartement. Autrement, je ne sais pas ce qu'elle retrouvera à sa sortie si personne ne s'occupe de ses affaires. Enfin, si elle sort.

— Vous avez sûrement raison, mais moi, je ne sais pas trop quoi faire avec tout ça. Je la connais à peine, je ne suis même jamais allé chez elle.

— Ne vous sentez pas obligé, c'était idiot. Je pensais que c'était ce que vous auriez voulu. Vous savez, la psychologie, c'est pas du tout mon truc, excusez-moi...

— Vous, vous avez l'habitude des histoires compliquées, mais pas moi ; moi, cette femme, je ne sais pas par quel bout la prendre... et sa vie non plus... Oh, après tout, donnez-la-moi, cette clé... une clé pour débrouiller une énigme, c'est un bon début, non ?

— Vous êtes un drôle de gars, vous !

— Vous êtes un drôle de flic aussi.

— Je sais, ma femme me le dit tout le temps.

*

De retour chez lui, Simon déposa la clé sur la table du salon, se servit un verre, s'assit dans son fauteuil favori et, contemplant ce petit bout de métal, se perdit dans des réflexions stériles durant la moitié de la nuit.

Pourquoi s'obstinait-il ? Par altruisme ? Il n'en était vraiment pas convaincu ! Par amour ? Cette histoire en aurait sans doute fait sourire plus d'un si elle n'était pas aussi tragique.

Il se demanda un moment si ce n'était pas son impossibilité qui la rendait si attirante, la quête de l'inaccessible étoile... mais il rejeta vite cette éventualité, la jugeant bien trop cynique !

D'abord débrouiller cette affaire, d'abord sortir Naëlle de là, et puis on verrait bien !

Jusqu'à présent, tout son univers avait tourné autour de son ego, de son deuil difficile, de son fils, de ses bouquins.

Et pour une fois, l'impression d'une mission à remplir, d'un engagement sans attente réelle : elle ne lui avait rien demandé, et peut-être ne ressortirait-elle jamais du silence dans lequel elle s'était emmurée, mais lui avait cette impression si forte d'être le seul fil, le seul fil qui la reliait encore à la vie, à la réalité et il sentait ce fil tendu, invisible, traverser la ville, s'unir à elle, au fond de sa nuit, au fond de sa terreur ; s'il n'avait qu'une certitude, c'était bien celle-là.

Il s'endormit, le cœur en vrille.

Le matin suivant, une énergie nouvelle l'habitait : convaincu de son objectif, il se sentait prêt à déplacer des montagnes ; il laissa un message à Lucas, lui expliquant qu'il serait peut-être absent durant quelques jours, accompagné d'une liste de consignes et d'une somme d'argent suffisante pour lui permettre de supporter au mieux cette période difficile. Simon avait bien conscience de négliger son fils, son travail, ses amis, de s'échapper à corps perdu de la réalité, mais se sentait bien incapable d'agir autrement ; il leur expliquerait, après, à tous, quand il aurait compris. Il sauta dans sa voiture et se rendit au CHU.

— Le docteur Romgal, s'il vous plaît.

L'infirmière au bureau d'accueil lui répondit sans même lever les yeux du formulaire qu'elle remplissait :

— Vous avez rendez-vous ?

— Non, mais c'est très important !

— Ça m'étonnerait beaucoup que le docteur vous

reçoive, il n'a plus de consultations, c'est sa dernière semaine ici : il prend sa retraite.

— Justement, je voudrais lui parler d'un dossier qu'il a dû traiter, un dossier ancien, appelez-le, s'il vous plaît.

— Ancien comment ?

— Treize, quatorze ans...

— Oh, vous savez, les vieux dossiers, on ne les garde que quelques années, autrement, on serait envahi par la paperasse ; en plus, comme le docteur s'en va, il a dû liquider tout un tas de trucs ! Il faut bien qu'il libère son bureau. Heureusement, maintenant, avec les ordinateurs, ça fait un peu moins de caisses à déplacer !

— Vous voulez dire que maintenant, avec l'informatique, ça va plus vite, un bon plantage et tout est effacé.

— Écoutez, monsieur, je suis désolée de ne pouvoir vous aider, mais j'ai du boulot...

— Il s'agit de la vie de quelqu'un et, excusez-moi, mais je ne vais pas vous lâcher comme ça ! Alors, vous l'appelez ou je fais un scandale !

— Vous, vous avez intérêt à vous calmer ou bien ils vont vous garder dans le service en vous diagnostiquant en burn-out sévère ! Et puis, après tout, ça m'est égal... Allez l'emmerder... Troisième étage, bureau 18. L'ascenseur sur la gauche.

— Entrez !

La voix semblait effectivement fatiguée.

La silhouette voûtée du vieux psychiatre ne démentait pas cette impression. Il s'assit pesamment dans un fauteuil de bureau au cuir craquelé qui avait dû entendre le récit de tant d'angoisses et de misères.

— En quelle année vous dites ?

— 1996.

— Ouf… ça fait long !

— Je sais, la demoiselle en bas m'a déjà expliqué que vous aviez une mémoire à court terme dans cet hôpital.

— Oui, que voulez-vous, pas de temps, pas de place, pas de personnel ! Mais racontez-moi votre histoire, ma mémoire à moi n'est pas aussi mauvaise, je retrouverai peut-être des souvenirs.

De nouveau, Simon ressortit tout ce qu'il savait des mésaventures de Naëlle Jonasson.

— Attendez, oui, oui, ça me revient, une bien triste histoire. Les enfants étaient dans un état pitoyable quand ils sont arrivés ici… Carences sévères, dénutrition, traumatismes violents, séquelles très lourdes… Si je me souviens bien, l'aînée s'en tirait plutôt mieux : elle avait été rapidement admise dans un pensionnat où elle a, je crois, pu poursuivre une scolarité relativement normale, mais pour l'autre, évidemment, compte tenu des circonstances, c'était plus compliqué…

— Quelles circonstances ?

— …

— Quelles circonstances ?

— Si vous n'êtes pas au courant, il n'est pas du tout de mon ressort de vous en parler ! Légalement, je suis tenu au secret médical… Toute leur histoire me revient, maintenant, poursuivit le vieux psychiatre, moi je voulais intervenir immédiatement mais le juge d'instruction n'avait pas encore statué sur le sort de ces enfants, alors…

— Alors quoi ? Qu'est-ce qui leur est arrivé ?

— Eh bien, ils ont été transférés en institut ; ce n'est qu'un lieu de passage, ici !

— Vous auriez les coordonnées de cet endroit ?

— Pffff.

Le docteur soupira, considérant la pile de caisses amoncelées dans un coin de son bureau.

— Vous pouvez toujours essayer cette maison d'accueil.

Il griffonna une adresse sur une ordonnance d'une écriture rapide, minuscule et quasi illisible.

— Demandez Mme Cornez, c'était la directrice, on travaillait souvent en collaboration avec eux dans ces années-là… Il y a de bonnes chances que ces enfants y aient été transférés ; si ce n'est pas le cas, je suis désolé, mais je ne peux plus rien pour vous… Vous savez, il y a des choses qu'il faut laisser dormir, des démons enfouis qu'il vaut mieux ne pas réveiller. Vous êtes lié d'une façon ou d'une autre avec cette personne ?

— Pas vraiment, mais il y a des promesses qu'il faut tenir, merci monsieur.

Céline

– Merci, madame la cloche ! Merci, madame la cloche !

La petite fille, les yeux brillants de joie et d'excitation, zigzaguait d'un buisson à l'autre du jardin, trouvant, ici, des œufs en chocolat rutilants dans leur emballage métallique coloré, là, d'énormes lapins soigneusement enrubannés, là encore quelques poussins en peluche hissés dans les branches basses des arbres dont les tendres bourgeons perçaient à peine la cosse.

C'était Pâques et Méline, malgré ses sept ans, croyait encore avec ferveur aux cadeaux gourmands de madame la cloche (bien que ses frères aient essayé malicieusement de semer le doute dans son esprit en lui disant qu'on n'avait aucune preuve, et que c'était peut-être bien le lapin, voire la poule de Pâques, qui avait amené tous ces œufs dans le jardin !) et toute de rose vêtue, levait le nez à chaque nouvelle friandise entassée dans son petit panier d'osier pour remercier les nuages.

Simon, Grégoire et Céline, légèrement en retrait, jouissaient du spectacle, avec une petite pointe de nostalgie, conscients de la pureté magique de ce moment, de l'innocence émerveillée de cette fête de Pâques, la dernière sans doute où, avec leurs enfants, ils criaient, le nez au ciel : « Merci, madame la cloche ! »… Les choses allaient si vite, l'année prochaine, Méline se rangerait peut-être dans le clan de « ceux qui savent » et qui ont, impitoyablement, remisé saint Nicolas, le Père Noël, la cloche et tous les anges au fond d'un placard entre un ourson rapiécé et un livre d'images.

Lucas, Maël et Basile, un pied déjà dans l'âge adulte, avaient organisé joyeusement toute la distribution à travers le jardin ; mais le second pied, traînant encore un peu dans l'enfance, s'amusait à présent à feindre l'étonnement lors de chaque trouvaille multicolore et chocolatée dans un buisson ou sur une branche.

Chacun vivait cette journée différemment. Avec plaisir et simplicité… Ensuite, il fallut caser tout ce chocolat dans l'armoire aux bonbons, allumer les bougies en forme d'œuf (forcément !) sur la table dressée en blanc et vert tendre, respirer le parfum légèrement entêtant des narcisses et des jacinthes blanches que Céline avait plantés dans des pots en forme d'œuf (forcément !), et qui avaient eu l'élégance de fleurir juste au bon moment.

— Simon, à quoi tu penses ?

Céline avait profité d'un instant d'intimité, alors qu'il venait l'aider à amener les cafés à la fin du repas, pour parler à son ami.

— À rien, à rien… Je me disais que ce dimanche

267

était, une fois de plus, un instant suspendu, un fragment de grâce.

Deux hérons passèrent alors, volant bas à hauteur de la grande baie vitrée, projetant l'ombre lourde de leur vol impassible.

Céline et Simon suivirent des yeux leurs battements tranquilles, les deux oiseaux semblaient ramer dans ce ciel bleu, frais, printanier... Un couple, à n'en pas douter ; les hérons sont solitaires le plus souvent, seule cette période de l'année les amène à voguer en duo ; ils planèrent un temps, puis se posèrent sur un des chênes de la colline.

— La joie de Méline faisait plaisir à voir, non ?

— Magnifique, elle était magnifique ; ses joues ont pris le même teint rosé que sa robe ! C'est merveilleux, cet âge où on peut encore recevoir un cadeau avec un plaisir totalement sincère, une joie naïve, sans se préoccuper de savoir comment on va pouvoir rendre la pareille, sans se demander ce qu'attend de vous la personne qui vous a fait le cadeau... Juste le bonheur de recevoir, égoïste et merveilleux !

— Il y a aussi le bonheur de donner sans rien attendre en retour... mais c'est plutôt rare, j'en conviens. Alors : thé ou café ?

— Tisane ! Il faut que j'arrive à dormir cette nuit.

— Des insomnies ? Maintenant que les médias et la justice t'ont un peu lâché, tu vas pouvoir souffler, non ?

— Oui, mais... c'est plus compliqué...

— Tu veux nous parler de tes soucis ou tu n'en as pas envie ?

— Ne m'en veux pas, mais je dois d'abord y voir plus clair.

— Pas de problème ! Tu sais qu'on est là quoi qu'il en soit. Allez, viens, les autres vont s'inquiéter !

Ils retournèrent à la table où, dans la lumière déclinante, les bougies pouvaient enfin remplir leur rôle réconfortant, éclairant de leurs flammes vacillantes les emballages chiffonnés, épars et colorés des petits œufs en chocolat déjà engloutis.

Maison médicale « Le Refuge »

Simon avait trouvé sans peine.

Le bâtiment n'avait probablement pas beaucoup changé depuis les années 1970 ; ça avait dû être un de ces établissements phares, fleuron des nouvelles thérapies de l'époque, mais qui avait vieilli avec elles…

Il s'engagea dans l'allée en gravier qui serpentait dans un petit domaine privé ; le cadre était vert et tranquille, on était à une trentaine de kilomètres de Bruxelles.

Tout, dans la décoration du hall d'entrée, rappelait cette période faste et quelque peu naïve du socioculturel à tout-va, du « living théâtre », des happenings interventionnistes et de la thérapie de groupe.

La décoration, le choix des coloris à présent passés évoquaient à Simon la villa de plain-pied qu'il occupait avec ses parents durant son enfance ; il fut tiré brutalement de ces pensées nostalgiques par une voix haut perchée qui l'interpella dans le dos :

— Monsieur Bersic, je suppose ! Vous avez demandé à me voir ?

— Madame Cornez ? Enchanté, vous pouvez m'accorder un peu de votre temps ?

— Bien sûr, c'est un honneur ; vous cherchez des renseignements ? Votre prochain roman se déroule en milieu psychiatrique ?

— Non, pas exactement, je suis là pour des raisons personnelles, mais je voudrais effectivement vous poser quelques questions.

— Eh bien, suivez-moi.

La petite dame replète se mit en route et Simon la suivit à travers un dédale de couloirs donnant, par de larges baies vitrées, sur un parc qui avait sans doute été un jour bien entretenu mais où les ronces le disputaient aujourd'hui au chiendent.

— C'est dommage, vous savez, c'est un beau sujet de roman... et les gens sont de plus en plus malades à notre époque... On appelle ça autrement, c'est tout : burn-out ou dépression saisonnière, peu importe, le résultat est le même !

Simon ne put s'empêcher de sourire, ne venait-on pas de le menacer de ce type de diagnostic dans le service du docteur Romgal ?

— Ici comme partout, reprit la directrice sans remarquer la lueur amusée dans l'œil de son interlocuteur, on a une médecine à deux vitesses : ceux qui ont les moyens de se soigner et n'en ont pas forcément besoin... et puis les autres !

Ils étaient arrivés dans son bureau, moquette beige tachée par endroits et lambrissage sur les murs, on aurait pu se croire dans une vieille revue *Décors et maisons*.

— Café ? Thé ?

— Euh, thé, avec plaisir.

— Donc, vous me dites : 1996, dossier Jonasson… Je demande à ma collaboratrice de vous sortir ça. Ici, on garde tout, on va bien trouver quelque chose !

— Ah, vous m'étonnez, je finissais par croire que la mémoire n'avait plus sa place dans les archives !

— C'est un choix que je ne partage pas : les gens qui arrivent ici sont souvent à la dérive ; quand ils s'en sortent, il est de notre devoir de leur donner accès à certaines traces, des racines, quelque chose à quoi se raccrocher s'ils le souhaitent, s'ils en font la demande ; on ne bâtit rien sur du vide ! Je fais ce que je peux, avec nos modestes moyens. Mais je vous préviens, je suis directrice administrative de cet établissement depuis dix-neuf ans, je gère le bâtiment, les subsides et le personnel, mais je n'interviens pas réellement dans le suivi thérapeutique des malades. Je n'ai donc pas eu de réels contacts avec la personne dont vous me parlez, mais je… Ah, voilà le dossier !

Une jeune personne discrète venait d'entrer furtivement, les bras chargés d'un large carton défraîchi.

Mme Cornez survola rapidement les feuillets consignés dans une farde en bristol gris-vert qu'elle avait extirpée de la boîte, déchaussa ses lunettes, regarda un moment Simon avant d'enchaîner :

— Mmm… Oui, je me souviens, j'avais oublié son nom de famille, mais comment oublier Nathanaëlle.

Une affaire difficile... Vous m'avez l'air sincère, monsieur Bersic... je ne devrais normalement rien vous révéler de ce qui se trouve dans ce dossier mais vous m'avez l'air sincère et... résolu ; et si vous pouvez, d'une façon ou d'une autre, aider Nathanaëlle, ça mérite une petite entorse au règlement !

La directrice laissa de côté son air compassé, s'enfonça davantage dans le fauteuil et prit quelques profondes inspirations.

— Bon, par où commencer ? Je dois d'abord vous avouer que je ne suis pas très satisfaite de la manière dont ce cas a été traité, mais à l'époque, je venais d'être nommée, je devais prendre connaissance de tous les rouages de la mécanique, toutes ces nouvelles techniques, ces nouvelles approches, on était en surpopulation avec un manque d'effectif et des individus dangereux à gérer, j'avais tant d'autres chats à fouetter et je n'avais pas toute autorité en la matière, et puis, on voyait les choses différemment... Quoi qu'il en soit, le passé est le passé...

Les faits consignés dans ce dossier ne vous apprendraient pas grand-chose, le plus simple serait que vous alliez voir Maria de ma part, Maria Corbisier : c'était une de nos psychothérapeutes... la plus patiente, c'est elle qui s'est occupée de Nathanaëlle.

On lui confiait les cas un peu plus compliqués : elle s'investissait tellement dans son travail, n'hésitant pas à expérimenter des techniques différentes, parfois peu « orthodoxes ». Elle adorait Nathanaëlle... Enfant difficile pourtant, refusant de parler, de manger.

Maria avait été la seule à en obtenir quelque chose.

Allez la voir, si elle vit toujours, elle vous parlera du cas de Nathanaëlle bien mieux que moi.

Elle fouilla dans son tiroir, en extirpa un agenda surchargé de ratures et lui donna enfin l'adresse de Maria Corbisier qui n'avait apparemment ni téléphone ni mail. Ce foutu jeu de piste continuait.

Il était trop tard pour se lancer à l'aventure sur les routes wallonnes aujourd'hui, et la clé de l'appartement de Naëlle le narguait depuis ce matin dans le fond de la poche arrière de son jeans. Y aller, ne pas y aller…

Compliqué de prendre cette décision sans avoir l'autorisation de la jeune femme, mais le commissaire avait raison : qui d'autre allait gérer ses affaires, payer son loyer, arroser ses plantes… à supposer qu'elle en ait.

Il reprit donc le chemin de Saint-Gilles, mangea une soupe et un plat du jour à la brasserie Verschueren d'où il pouvait voir la fenêtre sombre de l'appartement de Naëlle, puis se décida à traverser la place.

Un jeune homme balayait les cheveux épars au milieu d'un salon de coiffure qui occupait le rez-de-chaussée, Simon le salua et entreprit de gravir les quatre étages.

À l'instant où il pénétrait dans l'appartement et se retournait pour refermer la porte, il sentit une masse s'abattre violemment dans son dos et une douleur fulgurante lui déchirer les omoplates, il se retourna et vit, dans la pénombre du couloir, deux lueurs fluorescentes qui le fixaient tandis qu'un grondement sourd émanait du même endroit… Un animal ! il venait de se faire attaquer par un animal !

Et sans aucun doute, ce dernier, menaçant, s'apprêtait à remettre ça… Rapidement, Simon repéra une pièce à droite, il s'y engouffra, referma la porte derrière lui… Bordel ! Cette histoire n'était pas encore assez compliquée, il fallait y ajouter des monstres !

Il alluma, il était dans une cuisine, à l'abri, du moins en apparence ; il vérifia tous les recoins, enleva sa veste et s'assit. Le dos de son veston avait été profondément lacéré et les feulements qui continuaient de l'autre côté de la porte ne laissaient aucun doute : il s'agissait d'un chat… mais quelle bête !

Simon se demanda un instant si l'animal dans l'ombre n'était pas plutôt un puma ou un lynx… Il avait ressenti une telle puissance, une telle violence dans cette attaque ! Ses connaissances en zoologie étaient relativement succinctes, pourtant il imaginait bien que Naëlle ne pouvait détenir un animal sauvage dans un appartement ; il s'agissait donc très probablement d'un simple chat… Pas de quoi paniquer… Il était sans doute enfermé depuis des jours et avait été surpris par son intrusion…

Cependant lui revinrent à l'esprit les récits effrayants de chats enfermés, affamés, dans des tours au Moyen Âge, et à qui on livrait en pâture des suppliciés à torturer… Bon… calmons-nous, la situation n'était sûrement pas aussi critique. Simon entrouvrit la porte pour la refermer aussitôt : il avait vu la bête… énorme ! Un chat, ça ? Il se sentait complètement ridicule. Il ouvrit les placards, dénicha des croquettes et une boîte de pâtée ; il mélangea les deux dans une assiette et, prestement, fit passer celle-ci par la porte à peine entrebâillée.

Ouf, l'animal arpentant le couloir n'avait pas eu le temps de réagir, cette fois, Simon l'avait bien vu... Un énorme chat beige, deux fois plus grand que tous ceux qu'il avait pu rencontrer jusqu'à présent ; ce n'était pas pour le rassurer, lui qui n'avait jamais eu d'affection particulière pour l'espèce féline !

En faisant un rapide calcul du temps écoulé depuis la nuit où Naëlle avait été internée, Simon constata avec effarement que ce chat était abandonné là depuis dix-sept jours, pas étonnant qu'il l'ait accueilli aussi chaudement !

En étudiant plus précisément l'état de la cuisine, il comprit comment l'animal avait tenu le coup : le robinet délivrait goutte à goutte sa maigre ration d'eau et tout ce qui ressemblait de près ou de loin à de la nourriture avait été rageusement extrait de sacs et boîtes qui jonchaient le sol.

Attendant que le chat se soit calmé et restauré, Simon se fit un café ; puis, quand tout bruit eut cessé derrière la porte, il se décida à l'ouvrir : ce n'était qu'un chat après tout ! Un animal domestique, censé être gentil et ronronnant... Après avoir allumé dans le couloir, il se dit que celui-là n'était peut-être pas tout à fait comme les autres... C'était juste un gigantesque matou effrayant qui se contentait pour l'instant de faire les cent pas devant le visiteur, comme pour vérifier ses intentions. Simon s'agenouilla et, claquant deux doigts, s'exerça à l'appeler : « Petit, petit,

petit » ; le chat, impérieux, cessa ses va-et-vient et le dévisagea. Jugeant que ce bipède ne représentait pas de réel danger, il finit par abandonner sa garde et alla s'installer sur le fauteuil. Quelque peu rassuré, Simon entra dans le salon, alluma ; en un coup, le parfum de Naëlle lui sauta aux narines, il ressentit à nouveau la douceur de sa peau, ses cheveux, ses lèvres, ses yeux noyés dans les siens.

Submergé par le flot d'émotions, toutes ses digues cédèrent. Pour la première fois depuis le début de cette aventure, il s'effondra en pleurs dans le canapé.

Le chat, sentant la détresse de l'homme qui, l'ayant nourri, ne pouvait être foncièrement mauvais sauta de son fauteuil et vint se rouler en boule sur ses genoux.

Simon caressa machinalement la douce fourrure frémissante. Vidé de ses larmes, il s'endormit pour plonger à nouveau dans un sommeil perturbé et chaotique où rêve et réalité se mêlaient en un tourbillon angoissant.

*

Le point le plus troublant, c'est la confusion... J'essaie de me souvenir de ton visage... et c'est un autre qui apparaît, différent et pourtant si semblable ; visage pâle et grands yeux verts, où es-tu, impalpable ?

J'essaie d'entendre ta voix et son timbre m'échappe.

J'essaie de retrouver ton nom... Lilith, Natha-naëlle, Naëlle... lequel est le vrai ? Comment vou-

drais-tu que je t'appelle ? Tous ces noms emportés…
Grands battements d'ailes noires dans ma nuit.

Tout est affaire de contrastes et là, maintenant, tout
est flou… incertain, j'en ai la nausée.

Faire le point, je n'y arrive plus.

Je n'arrive plus à voir tes yeux au fond des miens.
Qu'est-ce que ça veut dire ? On peut aimer une chose
et oublier sa forme ? Quelle est leur couleur exacte ?
Combien de pépites d'or autour de leurs iris ? Y en
a-t-il autant dans l'œil droit que dans le gauche ?
Toutes ces questions tournent dans ma tête et pas de
réponse. Je n'ai pas pu les regarder, tes yeux, assez
longtemps, assez profondément pour les compter, les
étoiles qui s'y noient. Si je ne peux plus donner de
visage à ton souvenir, n'es-tu qu'une illusion ?

Me souvenir, sans faille, dans le brouillard, dans le
noir, le temps d'un battement de cils, d'un battement
de cœur sans devoir chercher… Redessiner, recréer
les traits, patiemment, un à un ; suivre le contour du
nez, la trace de l'ange, entre lèvres et narines, sans
me perdre en chemin, me raccrocher à l'arcade d'un
sourcil pour ne pas tomber. Tomber dans l'oubli ?

T'oublier, t'oublier déjà sans avoir pu te connaître ?

Ta nuque, à toucher, encore, encore, comme un
point d'ancrage, un moyen de t'atteindre… Mes
doigts n'y sont pas… n'y sont plus, j'aurais dû, quand
c'était possible, m'imprégner de ton odeur, jusqu'au
vertige… Trop tard. Les petits cheveux qui descendent doucement dans le bas de la nuque pour casser

la rigueur du cou... Trop tard. Me souvenir, la seule alternative. Et si plus rien ne venait, ça voudrait dire que je t'ai perdue tout à fait ?

Comment est la douceur de ta peau ? Je voudrais la sentir, m'en souvenir, m'en souvenir vraiment, sous mes paumes, sous ma langue... ton odeur... sucrée, épicée, musquée... Je crois l'attraper dans un souffle... Trop tard, je n'ai pas eu le temps de la fixer, trop tard... pas eu le temps.

*

La sonnerie d'un réveil bourdonnait quelque part dans l'appartement ; le chat, néanmoins, n'avait pas quitté ses genoux, spectateur bienveillant de sa nuit agitée.

Simon le caressa derrière les oreilles, Nicolas ferma les yeux voluptueusement, renversant la tête en arrière pour offrir sa gorge tiède et blanche aux caresses ; il l'avait visiblement accepté comme allié !

Avant de le faire doucement descendre de ses genoux engourdis par le poids de l'animal, Simon jeta un regard circulaire sur le salon : peu de meubles, un canapé, un fauteuil, une table, deux chaises, trois longues rangées d'étagères qui couraient sur les murs, tout autour de la pièce, remplies de livres, pas une seule photo, rien qui puisse ressembler à un souvenir de vacances... d'enfance.

Dans la cuisine blanche, dépouillée, pratique, il se fit un café ; prit une douche dans la salle de bains, mais là, ne put s'empêcher d'effleurer les flacons de parfum... Un tube de rimmel noir, un gloss nacré,

279

des ombres à paupières grises et brunes ; sur l'étagère, un gros bocal en verre rempli de pinces multicolores, quelques cheveux longs et blonds enroulés autour des dents d'un peigne…

La gorge nouée, il considérait cet étalage de féminité discrète et raffinée, infiniment banal.

Il aurait tellement voulu la voir entrer dans la pièce à cet instant ou l'entendre chantonner dans la cuisine en préparant le petit déjeuner ; toutes ces choses simples, quotidiennes, pour la majorité des couples mais qui, aujourd'hui, lui paraissaient pourtant inaccessibles !

Il conserva quelques cheveux dans la poche de son jeans, nourrit le chat et dévala les escaliers.

*

Trois heures qu'il avait quitté Bruxelles, et pas moyen de trouver cette impasse de malheur !

Le plan de la région, inutile, avait été rageusement jeté sur le siège passager. Pour la première fois, il regrettait d'avoir refusé tout GPS ; dix fois qu'il traversait le même carrefour ; ça devait pourtant être dans le coin !

Les Hauts-Pays ! Magnifique, les Hauts-Pays… mais repris sur aucune carte ! Si au moins elle avait eu le téléphone ! On faisait comment avant ?

Là, là, là, il la voyait enfin : l'impasse du Calvaire. La plaque, à moitié engloutie par le lierre, l'avait nargué jusque-là ! Il s'y engagea précautionneusement, le terrain défoncé, parsemé de nids-de-poule, n'était pas précisément indiqué pour un véhicule comme le sien ; à sa gauche, un ruisseau, à sa droite, une prairie où quelques chevaux laissés à l'abandon paissaient tranquillement ; il profita du premier dégagement latéral pour garer sa voiture et continua le chemin à pied.

La maison était petite, les volets bleus s'écaillaient par endroits et des églantiers sauvages envahissaient la façade ; l'ensemble ne manquait pas d'un certain charme suranné ; Simon, n'ayant trouvé aucune sonnette, s'apprêtait à frapper à la porte lorsqu'une petite dame au teint olivâtre s'approcha en claudiquant.

— C'est moi que vous cherchez ?

Elle tenait à la main quelques branches de menthe et des feuilles, Simon pensa qu'il devait s'agir de sauge mais rien n'était moins sûr.

— Bonjour, vous êtes bien madame Corbisier ?

— Ça fait belle lurette qu'on ne m'a plus appelée par mon nom de famille ! Appelez-moi Maria, comme tout le monde… Vous voulez du café ? Il en reste sur le poêle, il ne faut pas trop tarder, comme on dit : café bouillu, café foutu !

Simon ne put s'empêcher de sourire, il se trouvait d'un coup plongé trente ans en arrière, chez sa grand-mère et son poêle à charbon où chauffaient doucement ses pantoufles de feutre quand il rentrait de l'école.

Maria ne ressemblait pas du tout à l'image qu'il se faisait d'une psychothérapeute ; en y songeant, il n'avait en fait rien imaginé de précis : ces dernières semaines lui avaient appris à se méfier des certitudes, à prendre les choses comme elles venaient, sans trop se poser de questions.

L'intérieur de la maison était assez sombre, les fenêtres, petites, ne laissaient passer que peu de lumière ; des bougies, çà et là, trouaient l'ombre ; une odeur, particulière, pas désagréable, un peu lourde, se répandait dans la pièce, émanant d'un bol en métal posé sur le foyer et où se consumait un mélange de feuilles aromatiques.

Il s'assit dans un fauteuil bas recouvert d'une cotonnade passée, une grande tasse de café fumant dans la main.

Pour la première fois depuis bien longtemps, il avait juste envie de s'arrêter là, sans se poser de questions ; il comprit immédiatement pourquoi Naëlle avait baissé sa garde devant Maria… Un flux apaisant émanait de cette femme, qui faisait paraître le reste tellement vain.

— Donc, monsieur, vous êtes un ami de Naëlle et elle est repartie… Mmm… C'est ce que je craignais ! Quel a été le déclencheur de sa rechute ?

— Je ne sais pas… Peut-être de revoir son grand-père, peut-être ce petit garçon séquestré, peut-être moi ! En fait, je ne crois pas pouvoir vous donner beaucoup de renseignements, j'espérais plutôt que vous pourriez nous aider.

— Nous ? Qui est ce « nous » ? Elle est au courant de votre démarche ?

— Au courant de rien… Je n'ai pas pu l'approcher, je n'ai aucun droit de visite ; apparemment, elle n'a pas parlé depuis qu'ils l'ont internée et elle refuse de manger. Le temps presse !

— Le temps ! Mmmm… Là où elle est, le temps n'existe pas.

— Oh, s'il vous plaît, je n'ai pas fait toutes ces démarches, tous ces kilomètres pour entendre ça ! Aidez-moi, aidez-la ! Tout le monde a l'air de s'en moquer, de croire que c'est peine perdue. Moi, j'ai besoin d'elle !

— Et donc, vous en concluez qu'elle a besoin de vous ?

— Ça semble évident, non ? Elle est en train de se laisser mourir ! Il y a deux semaines encore, c'était une magnifique jeune femme… sensible, intelligente, envoûtante.

— Monsieur Bersic, les apparences restent les apparences.

— Alors, vous pensez qu'il faut abandonner ?

— Je n'ai pas dit ça, j'essaie juste de comprendre ce qui vous motive, vous !

— Vous croyez au coup de foudre ? Vous me trouvez ridicule ? Admettons que ça le soit, ça m'est égal, je ne me suis jamais senti aussi vivant qu'avec elle, et peu importe où je dois aller la rechercher, et peu importe si elle ne veut plus me voir après… je dois l'aider ! Je pense que je n'ai même plus le choix aujourd'hui ! Si je ne le fais pas, j'aurai l'impression d'être passé à côté de ma vie.

— Ah… rater sa vie… Il y a forcément un moment où tout le monde se pose cette question. On vous attend en ville ?

— Non, cette histoire me bouffe complètement, j'ai arrêté de travailler, je ne donne plus de nouvelles à mes amis ; mon fils vit sa vie sans moi et ne s'en porte pas plus mal… Alors, oui, j'ai du temps !

— *Me, myself and I…* Avez-vous réalisé le nombre de fois où vous avez parlé de vous depuis le début de cette conversation ?

— Ne me faites pas votre numéro de psy, je suis écrivain, moi aussi je sais jouer avec les mots !

— Il ne s'agit pas de jeu de mots, il s'agit de savoir pourquoi vous êtes ici ! Si c'est pour Naëlle, prenez votre courage à deux mains car ce ne sera pas simple de l'aider ; si c'est pour vous, si c'est parce que vous avez besoin d'elle, oubliez-la, elle ne pourra pas vous aider avant bien longtemps !

— Je veux l'aider, elle ! Je ne connais que quelques éléments de son histoire, mais j'ai le sentiment que la vie a été tellement injuste avec elle, je voudrais réparer dans une certaine mesure et…

— Vous êtes drôlement présomptueux !

— Je vous en prie, parlez-moi, expliquez-moi.

— D'accord, mais ça va prendre un peu de temps. À mon tour de vous parler de moi…. et ne souriez pas, c'est un peu facile ! Croyez-moi, vous n'êtes pas le seul à avoir voulu consacrer votre vie à sauver cet enfant !

Je suis née en 1934 dans une cité de charbonnages du Borinage, la région la plus pauvre de Belgique ; mes grands-parents étaient mineurs, mon père était manutentionnaire dans une usine et ma mère avait sa petite mercerie. Vous avez probablement remarqué que je boitais… c'est de naissance : déformation du bassin ! À mon âge, ça paraît presque normal, mais quand j'avais dix-huit ans, ça l'était beaucoup moins.

Nous nous aimions, Adelson et moi, mais sa famille voyait d'un très mauvais œil une boiteuse, a fortiori incapable d'avoir des enfants. Nous étions encore loin de Mai 68... Adelson s'est marié, j'ai quitté le Borinage pour entrer à l'université ; nous n'étions que trois filles, à l'époque, en faculté de psychologie.

Bref, n'ayant aucune attache sentimentale, j'ai voué ma vie à cette approche exaltante du genre humain !

Je l'ai fait avec passion, avec déraison, mais toujours en électron libre : s'il y a une chose que j'avais assimilée avec enthousiasme à l'université, c'était bien le libre arbitre !

Je m'intéressais plus particulièrement à la pédopsychiatrie et me mis donc à travailler avec plusieurs maisons d'accueil. N'ayant pas pu avoir d'enfant, je me consacrais à aider ceux que d'autres n'avaient pu assumer, avaient abandonnés ou maltraités. J'y consacrais beaucoup de temps, d'énergie, trop peut-être.

Si ma mémoire est exacte, j'avais déjà dépassé la soixantaine quand on m'appela au « Refuge » pour un cas particulièrement compliqué. Comme vous, j'imagine, je fus happée par le regard de Nathanaël...

Un ange, un ange dans la tourmente, et personne pour l'en sortir. Je me sentis immédiatement connectée à cet enfant, comme si j'étais la seule à pouvoir l'extirper du chaos, comme si toute ma vie, toute mon expérience n'avait servi qu'à ça : m'amener à lui et tenter de l'aider.

Après plusieurs séjours au Mexique et en Bolivie, j'avais été initiée aux pratiques chamaniques et me servais régulièrement de « voyages » pour aider mes patients, mais après quelques essais infructueux, j'ai compris que ce petit être n'avait, dans un premier temps, pas besoin qu'on l'élève davantage, il fallait au contraire raccrocher cet enfant à la terre, lui donner confiance, lui proposer les repères auxquels il n'avait jamais eu accès.

Comme vous, je me suis heurtée à l'inertie de l'administration, au découragement devant l'ampleur de la tâche, à l'incrédulité parfois et même à la moquerie !

Parmi les quelques objets consignés avec le dossier et trouvés dans le domicile des enfants, il y avait un livre d'apprentissage de la lecture et le journal intime de leur mère ; je demandai la permission de les emprunter, le reste me semblant sans grand intérêt.

Nathanaël devait avoir dix ou onze ans à l'époque et était une sorte de petit animal sauvage, rétif, analphabète… Certains, dans l'institut même, n'hésitaient pas à lâcher le mot de « débile » !

Tous les jours, plusieurs fois par jour, je m'asseyais dans un coin de sa chambre, par terre, et je lui lisais des passages du livre, je chantais les chansons qui s'y trouvaient : « Cadet Roussel a trois maisons, Cadet Roussel a trois maisons… ah, ah, ah, oui vraiment, Cadet Roussel est bon enfant ! » Il fallut des semaines pour l'entendre chanter le dos tourné, se balançant dans le coin opposé, mais chantant enfin avec moi ! Les autres employés du centre continuaient de prétendre qu'il ne s'agissait là que de borborygmes incohérents, mais moi, j'entendais bien se construire la mélodie : la litanie se transformait en chant ! Il fallut des semaines pour arriver à avoir un contact physique sans réactions violentes. De jour en jour, je m'approchais, laissant une main posée sur le sol à côté de la sienne, jusqu'à toucher son dos, patiemment, sa nuque, doucement ses cheveux. Microvictoire après microvictoire.

Et puis, un matin, le verrou sauta ; Nathanaël pleura dans mes bras, je pleurai dans les siens... de joie !

Désormais, l'extérieur lui devint accessible : rencontrer des camarades, apprendre à lire, à écrire... Sa soif d'apprendre et son intelligence lui permirent d'accomplir des progrès phénoménaux, de rattraper en quelques mois le retard de plusieurs années !

Je pensais que Nathanaël était tiré d'affaire, c'est alors que j'ai attrapé cette saloperie... Un virus qui s'attaque à la plèvre ; pendant des mois, j'ai été clouée au lit, uniquement occupée à gagner mon combat personnel.

Quand, un an après, j'ai pu reprendre le travail et revenir à l'institut, tout avait changé : un nouveau médecin-chef avait été nommé, qui avait pris des décisions... disons... arbitraires ; il n'y avait plus de Nathanaël.

Naëlle avait pris sa place... C'était elle, apparemment, qui voulait qu'on l'appelle ainsi, désormais... et cette nouvelle personne ne me reconnaissait plus !

Je voyais bien dans son regard qu'il ne s'agissait pas d'un jeu ou d'une vengeance sanctionnant ce qu'elle aurait pu considérer comme un abandon, mes collègues ne l'avaient probablement pas tenue au courant de mes ennuis de santé. Non, aucun subterfuge : elle m'avait purement et simplement oubliée comme elle avait effacé ses douze premières années d'existence épouvantable. J'avais à présent devant moi une jeune fille ravissante et obstinément discrète, un sphinx dont je ne savais plus quoi penser.

Le médecin-chef me fit appeler dans son bureau, me signifiant de manière très claire que, pour le bien de Naëlle et de son traitement, il ne fallait plus que j'essaie d'entrer en contact avec elle.

J'ai accepté... pour son bien. Je vois à présent que j'ai eu tort.

De loin en loin, quand il m'arrivait de repasser par l'institut, je la voyais évoluer sans essayer de renouer vraiment avec elle. Elle me considérait avec bienveillance, comme une visiteuse occasionnelle, une thérapeute parmi tant d'autres. J'ai dû m'accrocher à mon devoir professionnel pour ne pas craquer, à mon tour, devant cette belle enfant indifférente que j'avais eu, quelque temps avant, le sentiment d'extirper du néant à bout de bras... Mon enfant, mon enfant à nouveau perdue.

C'était une belle jeune fille d'une quinzaine d'années, elle avait rattrapé une scolarité normale, semblait épanouie ; tout le personnel se félicitait de ce résultat inespéré, attribuant cette renaissance à l'opération qu'elle avait subie !

— L'opération ?

Jusque-là Simon n'avait pas dit un mot, se contentant d'écouter la voix douce de Maria, légèrement engourdi par les effluves émanant du poêle…

— De quelle opération s'agit-il ?

— Ahhh, d'accord… Alors, vous la connaissez vraiment peu, c'est un fait !

— Qu'est-ce que vous voulez dire, qu'est-ce que je devrais connaître ?

— Je n'ai jamais eu le culte du secret, mais c'est néanmoins très délicat. Plusieurs personnes ont connu l'histoire de Nathanaël, et ne s'en sont pas vraiment souciés. Vous êtes le premier à manifester un tel intérêt, alors, disons que j'ai envie de choisir arbitrairement et de vous faire cette confiance, même si, déontologiquement… J'ai accepté de m'effacer, de sortir de la vie de Nathanaël, en croyant bien faire. Les médecins m'avaient délibérément caché le fait que, suite à l'opération, Nathanaël s'était réfugié dans une torpeur morbide puis en était sorti tout aussi brutalement quelques semaines plus tard, frappé d'une totale amnésie… Si j'avais eu connaissance de ces faits plus tôt, j'aurais peut-être pu prévoir la suite… À partir de là, on m'a mise à la retraite, je suis venue m'installer ici. Jusqu'à aujourd'hui, je n'ai plus eu de nouvelles de Naëlle. La vérité est que j'espérais ne plus en avoir de ma vie : ça aurait peut-être signifié qu'elle allait plus ou moins bien !

La vieille dame arrêta son récit, ses mains noueuses, traversées de longues veines bleues proéminentes, posées, tranquilles, sur les genoux. Ses yeux, brillant dans la pénombre, semblaient fouiller le passé, imaginer l'avenir et chercher, au milieu de ce carrefour, le moins mauvais des chemins.

— Faites-moi confiance, Maria, je vous en prie ; je comprends que vous ayez encore des scrupules à me faire des révélations concernant Naëlle alors qu'elle n'est pas en mesure de vous en donner l'autorisation, mais je ne suis pas un voyeur… Racontez-moi vraiment son histoire et puis quittez votre refuge et venez la voir avec moi !

Elle redressa la tête, sortit de ses songes, le regarda calmement de ses yeux noirs où flottait un sourire tranquille ; elle ôta ses lunettes et se massa longuement les yeux avant de commencer son récit.

— Bien… En 1996, quand Nathanaël est arrivé au « Refuge », il était déjà clairement mentionné dans son dossier qu'il s'agissait d'un hermaphrodite…

— D'un quoi ?

— Ah non, jeune homme, il est trop tard, vous avez demandé l'histoire, alors maintenant, si vous voulez de vraies réponses à vos questions, vous allez m'écouter sans interrompre !

Ça fait bien longtemps que je n'ai plus d'élève, voilà une bonne occasion de me dérouiller les neurones : l'hermaphrodite, comme son nom l'indique et comme vous le savez peut-être, trouve ses origines dans la contraction des racines grecques : Hermès, associé à la sexualité masculine, et Aphrodite, associée à la sexualité féminine. Les cliniciens, quant à eux, préfèrent le terme moins mythologique d'« intersex ». Quoi qu'il en soit, quand on a sorti Nathanaël de la cache où il était né, le premier examen médical un peu approfondi a déterminé qu'il s'agissait bien d'un enfant présentant un sexe ambigu. Cette aberration de la nature n'est pas si rare, mais quand on la constate dès l'accouchement, en milieu hospitalier, on tente de la résoudre rapidement. Il y a encore dix ans, on opérait systématiquement les enfants reconnus comme hermaphrodites pour en faire des filles : il est toujours plus facile de réduire un clitoris hypertrophié que de fabriquer un pénis fonctionnel. Vous le savez probablement, tous les embryons sont féminins jusqu'à la dixième semaine. Ensuite, ce sont les chromosomes qui entrent en jeu et stimulent la production d'hormones qui différencient les organes génitaux. Mais, en cas d'anomalie génétique, cette évolution naturelle est perturbée. Et ce n'est pas si rare d'ailleurs ! De nos jours, on compte de plus en plus de nouveau nés qui flirtent à des degrés divers avec l'intersexualité. Nous naviguons loin des certitudes apaisantes qui nous assurent qu'une femme est, avec ses deux chromosomes X, porteuse d'un utérus, d'un clitoris et de seins proéminents ; et qu'un homme, avec ses chromosomes XY, affiche un pénis et des testicules.

La réalité biologique est parfois si éloignée de ce manichéisme, les paliers sont si nombreux et subtils entre « le super-mâle » et « la super-femelle » que bon nombre de nos concitoyens ont, sans le savoir, une identité sexuelle plus ou moins floue. Qu'on les appellent « hommasse », « androgyne », « efféminé », leur particularité réelle peut passer inaperçue aux yeux des autres ou d'eux-mêmes !

Ce phénomène d'intersexualité peut résulter de deux gonades séparées ou d'une combinaison des deux ; il est communément convenu de répertorier les hermaphrodites en trois catégories : les véritables, les pseudo-mâles et les pseudo-femelles.

Dès lors, nous naviguons dans l'ambiguïté : les associations chromosomiques (caryotypes) pouvant être XX (femelle), XY (mâle), XX/XY... ou même XO (très rares)...

En général, quand cette ambiguïté génitale est détectée à la naissance, on soumet le nouveau-né à toute une batterie de tests pour déterminer à quel genre sexuel il est censé appartenir ; et on essaie de faire en sorte que l'enfant y ressemble le plus rapidement possible... Le choix est parfois cornélien et provoque souvent bien des drames par la suite : à l'adolescence, tout peut être bouleversé par l'explosion hormonale et l'éveil de la sexualité car la biologie n'est pas la seule à entrer en scène dans ce jeu ambigu, il y a le genre bien sûr, mais aussi l'éducation, le milieu familial, et puis la préférence. Une personne peut manifester, dans sa manière de bouger, de parler, dans ses choix vestimentaires, une identité masculine alors que son appartenance chromosomique est contraire, et je ne vous parle évidemment pas ici d'homosexualité. Le cas de Nathanaël était particulier : ni sa mère ni son grand-père, enfin... son père, n'avaient détecté cette anomalie peu visible durant l'enfance pour un œil inexpérimenté. C'est en général vers douze ou treize ans que s'enclenche le processus de masculinisation ou de féminisation, et comme aucun médecin n'avait pu l'ausculter jusque-là, il avait grandi en tant que garçon aux côtés de sa mère et de sa sœur, dans cette cave, sans repères. Quand j'ai été séparée de lui, il avait douze ans, la puberté s'annonçait et, avec elle, son cortège de problèmes et de révélations inévitables. Le médecin-chef a cru de son devoir de poser cet acte chirurgical, je suis sûre qu'il l'a fait en son âme et conscience ! Il est dangereux de ne pas pratiquer certaines opérations à visées thérapeutiques : des testicules non descendus peuvent parfois évoluer en cancer, l'intervention s'impose donc. Et même si, aujourd'hui, les praticiens sont critiqués pour avoir arbitrairement décidé du sexe de leurs patients à leur place, il y a dix ans ou plus, la question ne se posait pas. À l'heure actuelle, on sait que les genres ambigus peuvent résulter de formes très subtiles d'intersexualité ; on consulte davantage les patients, et dans le meilleur des cas, on attend qu'ils soient en âge de décider et on ne pratique plus d'opérations systématiques avec traitement hormonal à la clé. Mais le cas de Nathanaël est plus ancien. À l'époque, la génétique a bien entendu déterminé le choix du chirurgien, cependant il a aussi envisagé les difficultés et les humiliations auxquelles l'adolescent allait être confronté. Vous savez, la société, même si elle s'affirme tolérante, s'attend à ce que le sexe d'une personne soit identifié sans équivoque. Depuis dix ans, des enfants intersexués grandissent ainsi au milieu d'autres adolescents. Inévitablement, la question de leur appartenance et surtout de leur orientation sexuelle se pose. Par qui sont-ils attirés ? Quelle sexualité connaîtront-ils ? À quoi ressemble leur sexe, et à quoi ressemblera-t-il ? C'est loin d'être simple. Toujours est-il que, dans le cas de Nathanaël, il était trop tôt ou trop tard pour intervenir... Et pour l'adolescent fragile qu'il était, c'était beaucoup trop brutal !

— Donc, si je vous suis bien, les médecins ont posé un choix définitif concernant l'appartenance sexuelle de Naëlle au début de son adolescence... Et là, aujourd'hui, Naëlle est un homme ou une femme ?

— Une femme ! En tout cas physiquement : elle appartenait à la catégorie des « pseudo-femelles » (XX) avec des organes féminins internes normaux, mais un sexe externe « masculinisé » qui pouvait donner le change pendant l'enfance, faisant penser à un micro-pénis et à des testicules atrophiés. Dans un environnement familial normal, on se serait inquiété de cette situation mais ce qu'a subi durant des années la mère de Nathanaël lui avait probablement ôté tout sens commun... Et quand bien même, sans contact avec l'extérieur ni possibilité de s'échapper, qu'aurait-elle pu y faire ?

Un silence pesant s'installa. Simon détestait le sentiment qu'il éprouvait d'être le voyeur d'une vie en lambeaux, mais s'il voulait aider Naëlle, il fallait continuer.

— On connaît l'origine de cette... « anomalie » ?

— Pas vraiment, on pourrait invoquer la consanguinité, mais rien n'est moins sûr. La vie se donne parfois le droit de nous réserver des surprises ! Difficile d'avoir des statistiques, mais ce type d'hyperplasie congénitale semblerait toucher une naissance sur 4 000. N'ayez pas l'air si étonné, c'est beaucoup plus courant qu'on ne l'imagine : mis à part tous les cas maintenus sous le sceau du secret et qui tentent, tant bien que mal, de se construire, dans le silence, une identité, certains éclatent parfois au grand jour et sont contre leur gré exposés à une curiosité malsaine. N'avez-vous jamais entendu parler de ces athlètes féminines dont l'appartenance sexuelle a été, parfois à juste titre, remise en question ? Certaines de ces jeunes filles ignoraient en toute bonne foi leur ambivalence, vous imaginez le traumatisme d'une telle révélation, rendue dès lors publique ! D'autres ont intentionnellement caché cette double appartenance sexuelle, ce genre fluide comme les médias l'appellent maintenant, alignant ainsi des performances physiques difficilement égalables pour leurs adversaires féminines... Je me souviens d'une marathonienne russe dont le sexe ne fut connu qu'à sa mort, à quatre-vingts ans passés, et cette révélation résulta d'un curieux concours de circonstances : la pauvre dame avait été tuée, par le plus grand des hasards, dans une fusillade, un règlement de comptes entre bandes rivales, en pleine rue, à Moscou ; sans l'autopsie qui s'ensuivit, on ignorerait encore à l'heure actuelle son statut particulier... Je crois néanmoins que les médailles qu'elle avait récoltées durant sa carrière lui furent laissées, à titre posthume.

On relève davantage de traces de cette anomalie, comme vous dites, dans certaines régions de Turquie et du bassin méditerranéen, mais c'est peut-être purement culturel ou lié à un passé chargé de légendes et de mythologie où les androgynes sont omniprésents, d'où une plus grande facilité à admettre et à révéler leur existence.

Certains de ces bébés auraient été exposés à des drogues in utero... ce qui a bien sûr été le cas de Naëlle : le grand-père abusait de sa fille en ayant probablement recours au Rohypnol, on en a retrouvé des flacons dans sa maison.

— Qu'est-ce que c'est ?

— Un anxiolytique, de la famille des benzodiazépines ; il inhibe la volonté de la personne et provoque des pertes de mémoire. Il est facile d'abuser de personnes qui sont sous son emprise. Vous n'en avez pas entendu parler ? Il y a eu quelques faits divers... Des viols en boîtes de nuit, attribués à tort ou à raison à cette substance. De toute façon, au-delà de tout ça, l'hermaphrodisme existe depuis que le monde est monde. En trouver les causes n'y change rien. Il y a d'ailleurs pas mal d'époques et de civilisations où de tels êtres ont été déifiés...

— D'accord, mais, dans l'immédiat, ses problèmes ne sont pas physiques, pourquoi est-ce qu'elle est dans cet état ? Pourquoi est-elle à nouveau totalement prostrée ?

— Je ne suis pas devin... Il s'agit visiblement d'un trouble dissociatif de l'identité, c'est-à-dire que plusieurs identités ou « états de personnalité » distincts prennent tour à tour le contrôle de son comportement. On constate cela chez des personnes qui ont été soumises à des manœuvres prolongées de persuasion : lavage de cerveau, redressement idéologique ou religieux, endoctrinement, captivité. Il est pratiquement impossible d'imaginer les conséquences d'une telle réclusion sur un organisme en pleine formation. La privation de lumière, de contacts sociaux, de références avec le monde extérieur perturbe inévitablement le système nerveux végétatif, le système hormonal, la gestion des fonctions organiques (cynorexie – faim insatiable –, hyperorexie – boulimie –, incapacité à gérer sa soif ou sa température corporelle). Ces privations inhumaines peuvent aussi amener à une totale incapacité à gérer toute relation sociale, à percevoir certaines sensations physiques, à verbaliser un ressenti ; elles peuvent anéantir le sentiment de sa propre valeur et provoquer, de façon récurrente, dans les rêves ou dans les périodes d'aphasie, des retours à la situation d'enfermement. La chance qu'elles ont eue, dans leur malheur, est d'avoir été trois. Les deux enfants qui lui ont été laissés ont permis à Liliane de tenir si longtemps sans sombrer totalement dans la folie. Les enfants, quant à eux, ont grandi dans un monde de privation et de torture, mais au moins, ils avaient un référent, leur mère.

— Tout ça fait vraiment de Naëlle le sujet d'étude idéal, quoi ! Un maximum de croix à cocher, de cases à remplir... On peut dire que sa vie aura été une succession d'illustrations édifiantes pour manuel de psychologie ! Comment un être humain peut-il accumuler autant de poisse ? C'est à peine croyable ! Si je racontais un tel destin dans l'un de mes romans, on trouverait ça peu crédible !

— Et pourtant, croyez-en ma modeste expérience et ma longue carrière, la vie de certaines personnes ressemble à s'y méprendre à un parcours du combattant ! Ne soyez pas amer, monsieur Bersic, l'amertume ne mène à rien ! Dans la vie de Naëlle, les circonstances malencontreuses se sont succédé, les unes impliquant les autres, comme dans la chute de dominos alignés : si elle était née dans un contexte familial traditionnel, on aurait sans doute pu régler les choses plus rapidement, en faisant moins de dégâts ; l'intervention chirurgicale aurait eu lieu à un âge où elle n'en aurait conservé aucun souvenir ; la présence d'une famille équilibrée à ses côtés aurait pu l'aider et la soutenir... Ce ne fut pas le cas. Vous ne changerez pas le passé, essayez juste de le comprendre : sans passé, pas d'avenir.

— Oui, mais là, c'est le présent qui m'intéresse !

Simon se rendit compte un peu tard que le ton de sa voix avait dépassé sa pensée.

— Excusez-moi, vous n'êtes pour rien dans tout ça, continuez, s'il vous plaît.

— Cette affection chronique, cette dissociation de l'identité apparaît généralement au cours de l'adolescence et est souvent associée à d'autres affections psychiatriques dont elle aggrave le pronostic. Le terme de schizophrénie vient lui aussi du grec : *schizein* qui veut dire « dissociation » et *phrênos*, « pensée ». Il s'agit donc d'une division, d'une rupture du contact avec la réalité... Le « moi » tombe littéralement en morceaux, à l'image du corps brisé. Dans des conditions hautement stressantes, le clivage apparaît chez le schizophrène comme une première défense face à l'agression ! Alors, imaginez ce qui a pu se passer dans la tête de Nathanaël, après des années de détention et d'abus, subir cette opération qu'il a ressentie comme une véritable castration au sens premier du terme, même si ce n'était pas réellement le cas ! Jusqu'à ses douze ans, il s'était vécu comme un garçon, sa mère et sa sœur l'avaient considéré comme tel ! Dans leur univers falsifié, dans ce huis clos insupportable, c'était lui le petit homme. Comment affronter cette angoisse de mort, cette totale remise en question, comment lutter contre l'éclatement ? Rassembler ces morceaux demande un effort inimaginable ! Alors, parfois, la personne évolue vers une désorganisation de la cohérence mentale. En disparaissant de la personnalité première, les fonctions dissociées s'organisent en une seconde personnalité par un processus comparable à celui de la formation de la personnalité du jeune enfant : la seconde personnalité vide la première et recueille ses compétences… La personne possède alors deux personnalités bien disjointes, la personnalité seconde se manifestant généralement lors d'une crise soudaine, prenant totalement le pas sur la première. L'important dans le cas de Naëlle n'étant pas, me semble-t-il, d'imaginer une hypothétique guérison, mais plutôt de trouver un moyen pour que la vie lui devienne supportable.

— Je trouverai ce moyen ! Je ne sais pas comment, mais je le trouverai !

— Décidément, vous me plaisez, monsieur Bersic ! Je pensais que vous alliez vous enfuir à toutes jambes après ces « révélations » !

— Est-ce que vous savez ce qu'est devenue la sœur de Naëlle ? Elle pourrait peut-être m'aider.

— Elle s'appelait Évelyne, si ma mémoire est bonne... mais elle n'a pas du tout suivi le même parcours que Naëlle : son comportement somme toute assez normal lui a permis d'être accueillie dans un orphelinat et, je pense, d'y être adoptée par la suite. Vous savez, à l'époque, on a évité de faire trop de publicité autour de cette affaire pour permettre à ces enfants de s'en sortir et leur donner la possibilité d'avoir des perspectives après cette enfance massacrée. Je crois qu'elle doit avoir changé de nom, je n'ai, en tout cas, aucun moyen de la joindre. Quoi qu'il en soit, rentrez chez vous et digérez un peu toute cette histoire, vous en savez suffisamment pour aujourd'hui.

La nuit était tombée, seules les lueurs tremblotantes des bougies permettaient encore de voir le visage sévère et pourtant si bienveillant de la vieille dame.

Simon se leva, à la fois désemparé et reconnaissant, ne sachant comment prendre congé, il se dirigeait vers la porte en silence quand Maria le retint encore :

— Je voudrais vous donner deux choses, deux objets que je pensais ne jamais confier. Mais je suis à un âge où il faut transmettre et je crois que vous êtes la bonne personne, et que vous en ferez bon usage ! Il s'agit tout d'abord du livre de lecture qui m'a permis, il y a des années, de rencontrer Nathanaël, je l'ai conservé... Qui sait, il m'avait aidée à l'époque, il fera peut-être encore des miracles ! La seconde de ces choses auxquelles je suis attachée est le journal intime de Liliane, la mère de Nathanaël ;

300

je l'ai subtilisé dans son dossier, personne ne semblait s'y intéresser : il ne manquait pas de preuves pour accuser le grand-père. Le journal intime de sa fille ne faisait qu'apporter un peu d'eau au moulin de l'accusation, et de toute façon, des copies avaient été réalisées. En cavale, le père fut jugé par contumace et le petit cahier de Lili rejoignit les maigres affaires consignées pour Nathanaël.

Moi, j'ai toujours pensé que ça serait important un jour pour Nathan... enfin, je veux dire pour Naëlle... Alors, pour être certaine que ces deux objets lui parviendraient, j'ai préféré les conserver moi-même. Ce cahier est, à ma connaissance, la seule trace de sa mère... Ça vous aidera peut-être aussi, je ne sais pas, laissez-vous guider par votre instinct, je ne peux rien vous conseiller d'autre. Laissez-moi vos coordonnées, j'essaierai de vous obtenir un droit de visite. Pour le reste, on verra.

Maria Corbisier disparut quelques instants et revint avec une grande enveloppe en papier kraft qu'elle lui remit, gardant un moment sa main dans la sienne et les yeux dans son âme.

*

Le retour vers Bruxelles fut évidemment plus simple. Simon ne voyait pas défiler les kilomètres, perdu dans ses pensées, il se demandait ce qu'il pouvait bien attendre de cette quête... Mais elle était lancée et il faisait partie de ces hommes qui ne renoncent pas.

Il passa par l'appartement de Naëlle pour nourrir le chat ; ce dernier mit quelques minutes avant de l'approcher à nouveau et de venir slalomer entre ses jambes.

Après avoir déposé sa gamelle sur le sol de la cuisine, Simon se dit que c'était sans doute ici le meilleur endroit pour ouvrir l'enveloppe de Maria. Il en sortit tout d'abord un livre tout écorné : *Le Grand Livre des comptines françaises pour les petits*. L'édition datait de 1958, la couverture cartonnée était usée aux quatre coins, le dessin aux couleurs passées de la couverture montrait Cadet Roussel, ses trois tresses sur la tête, courant, affairé, entre ses trois maisons. Certaines pages s'étaient détachées de la reliure en toile rouge ; quelques traits de crayon avaient coloré maladroitement certains éléments des paysages ; des jambages au Bic bleu soulignaient régulièrement les syllabes.

Un livre d'enfance, d'apprentissage de la lecture, comme tant d'autres... mais qui avait, semble-t-il, constitué pratiquement la seule ouverture sur le monde pour ces trois êtres privés de lumière. Simon referma précautionneusement l'album en prenant soin de remettre à leur place les feuillets détachés qui s'en échappaient.

Puis il sortit le cahier.

C'était un petit journal d'écolière, banal ; la couverture brune, naïvement décorée, et les pages jaunies avaient visiblement subi les outrages du temps et d'un séjour prolongé dans un endroit humide ; la moisissure avait collé ensemble plusieurs pages, effacé certains passages, rendant la lecture compliquée et chaotique.

Simon, les mains tremblantes, le cœur battant, commença à parcourir le carnet de Liliane, unique souvenir de la mère de Naëlle.

Le chat, l'encourageant de ses regards énigmatiques, s'était allongé facc à lui, à l'autre bout de la table.

VI

… comme l'espoir noyé entre les lignes…

Avec un soupir, Simon referma le léger cahier. À quel titre pouvait-il profaner ainsi l'intimité de cette jeune fille, morte depuis plus de treize ans. Un frisson lui parcourut tout le corps, il redéposa précautionneusement le journal intime. Quelle voie suivre ? Qu'est-ce qu'elle aurait voulu, elle, la mère de Naëlle ? Et Naëlle ? Ne serait-elle pas furieuse d'apprendre qu'il avait parcouru ces mots avant elle ? Mais pour être fâchée, il faudrait d'abord qu'elle sorte de sa léthargie, et donc, tant pis, il fallait qu'il continue, être intrusif, fouiner, chercher à comprendre... Ces exercices, il aimait les faire comme une joute, dans l'absolu, dans le vague, à propos d'inconnus, de personnages fictifs... Mais là, il était bien dans le réel, la souffrance qui émanait de ce petit bouquin était bien concrète, bien tangible, et l'auteur en lui était bien plus à l'aise avec les mots qu'avec les maux... Même si les premiers peuvent aider, soulager, guérir, parfois, les seconds sont bien plus pesants avec leur lourde charge de douleurs. Il fallait avancer, il fallait comprendre, trouver une faille, c'est ce que Lili aurait voulu, il en était certain à présent, afin que son martyre n'ait pas été vain, que ses enfants puissent retrouver une vie à peu près normale.

Il reprit donc le cahier, résolu à en considérer chaque signe, chaque phrase avec plus d'attention.

Un dessin naïf et frais de fleurs et de papillons ornait la couverture, « Lili » y était écrit en larges lettres rondes, un soleil rieur inondant l'ensemble, en haut, à gauche. Semblable à tellement d'autres cahiers de poésie de tellement d'autres petites filles dans le monde ! Elle avait dû soigneusement réaliser cette illustration, convaincue qu'à sa suite s'aligneraient ses bonheurs et ses espoirs d'adolescente ; les traits précis et fins dessinaient des arabesques déliées de feuilles, de branchages, de papillons mêlés s'élevant tous vers ce soleil si complice, si rieur.

Voilà, on y était, maintenant, il fallait l'ouvrir, ce cahier.

*

Lili en démarrait l'écriture le 24 janvier 1973, jour d'anniversaire de ses douze ans ; elle semblait impatiente de commencer ce journal intime, comme toutes ses amies d'école ; de pouvoir y raconter ses petits secrets, ses petits plaisirs, alternant dessins et confidences... Que du banal et du charmant. Le 25 : « *Cher journal, j'ai fini tou les devoir, alor je peus passer un peu de temps avec toi ! Je me présente : j'ai 12 ans depuis 2 jour, j'ai des longs cheveux blond et des yeux verts, ou gris-vert, je ne sais pas... dans le bus*

pour aller à l'école, mon amie Lorella me dit toujour
qu'ils changent sans arrè de couleur. Ma maman me
dit parfois que je suis la plus jolie petite fille du monde,
enfin, ca, s'est quand elle n'est pas malade parce que
souvent, elle reste dans son lit et elle dort. Je n'ai pas
de frère ni de sœur, je croi que c'est parce qu'on a dû
tout enlever à maman... j'ai un jour entendu papa
crier : "Faire ça avec des aiguilles, faut vraiment être
conne !" »

Assez rapidement, les failles transparaissaient : la
faiblesse morale et physique de sa mère, toujours
malade, toujours soumise, de plus en plus absente ;
la brutalité de son père, très vite affirmée.

Quelques jours plus tard, Lili écrivit que son papa
quittait souvent la maison, la laissant seule avec sa
mère, malade. « *Papa cri très souvent, heureusement,*
il n'es pas souvent là. Et puis, maman est tombée encore
plus malade et quan elle est revenue de l'hopital, elle
était plus la même. » Elle y parlait de cris, de pleurs
et de médicaments.

L'écriture se poursuivait en février, où la petite
expliquait que son père avait décidé de reprendre son
éducation en main en lui faisant recopier des passages
entiers de la Bible... Trois pages par jour, et le temps
passe. Elle travaillait bien à l'école, réussissait ses
examens, rêvait de devenir professeur de dessin ;
alors, au milieu de brimades et de disputes qui semblaient de plus en plus incohérentes, la gamine des-
sinait maladroitement des visages de princesses aux
grands yeux étonnés et au large sourire, des oiseaux
flottant sur des nuages blancs et des petits lapins,
nœuds papillons et grandes oreilles, que du banal,

que du joli… Images rassurantes et familières d'un univers enfantin illusoire et fantasmé auquel, sans doute, elle se raccrochait.

En mars 1973, la situation sembla se dégrader entre les parents : elle parlait de coups, de lunettes de soleil et de mensonges : « *Son visage était tout bleu et gonflé, elle m'a dit qu'elle était tonbée dans l'escalier mais je ne suis pas sure que c'est vrai.* » Reprise le 12 janvier 1976… Le journal avait été abandonné suite à un déménagement, l'écriture était plus difficile à suivre, les dessins plus tourmentés… La jeune fille disait avoir redoublé sa troisième, devoir préparer les repas, faire les courses et le ménage car sa mère ne quittait plus la chambre ; n'avoir aucun ami, si ce n'est les fréquentations de son père à la « salle »… Qu'est-ce que c'était que cette salle, de quoi parlait-elle ? Les dessins qui ornaient systématiquement les pages de gauche étaient de moins en moins naïfs, plus affirmés sur le plan du trait mais plus compliqués à interpréter : un couloir noir qui menait à une porte entrouverte ; des fleurs, toujours et encore, qui s'échappaient d'un vase et grimpaient le long de la page ; plus loin, des insectes, mi-coccinelles, mi-vaisseaux spatiaux… Mais était-ce vraiment révélateur d'un quelconque malaise ? Les mêmes illustrations, sorties de leur contexte, auraient semblé probablement banales.

En mai 1978, Lili trouvait son père de plus en plus bizarre et ne savait plus à quoi ressemblait sa mère, en vrai, quand elle ne prenait pas tous ses médicaments ! Certains paragraphes étaient rendus illisibles par l'encre délavée, Simon fut obligé d'en recopier des passages pour reconstituer le texte, essayer de comprendre la trame.

« *Je suis contente de grandir, bientôt, j'aurai fini l'école, je pourrai m'en aller... Quand j'ai trop de peine, que je me plains de lui, elle me dit que c'est lui mon père, qu'il sait ce qui est bien pour moi, que si elle doit choisir entre lui et moi, c'est lui qu'elle choisira, c'est son mari... Et que pour moi, la chose la plus importante est de me garder vierge avant mon mariage, comme elle l'était, elle.* » Le 4 juin 1978 : « *Je ne croyais pas qu'un jour il me frapperait comme ça et il l'a fait... C'est un garçon, un copain de ma classe qui m'avait ramené un livre à la maison et mon père est arrivé. On était sur le pas de la porte, mon père est devenu comme fou, il a dit à Alain de foutre le camp et moi, il m'a poussée dans la maison si fort que je suis tombée dans le couloir, puis il m'a giflée et m'a enfermée dans ma chambre... Maman n'a rien fait.* »

Là, les dessins, tourmentés, commençaient à envahir les pages ; la mère semblait totalement déconnectée et le père passait de plus en plus de temps à bricoler dans sa cave : « *Je ne sais pas ce que mon père fabrique, il dit qu'il retape de vieux postes de radio... Moi, je ne le crois pas trop : il ne les remonte jamais... Et, de toute façon, il ne veut plus qu'on regarde la télévision ni qu'on écoute de la musique... Alors, pourquoi réparer des radios ?* »

Le 3 octobre, petite période d'accalmie : « *J'ai enfin une bonne nouvelle, je suis amoureuse ! Il a dix-neuf ans, il s'appelle Pierre, il est beau et tellement gentil... Tous les jours, il m'accompagne jusqu'à la* gare… *Hier, il m'a pris la main et, du coup, on a marché sans dire un mot, on n'osait même plus se regarder. Demain, je le verrai, je suis tellement impatiente !* »

Quelques jours plus tard, le 5, ils s'embrassèrent… Premiers émois, premiers baisers, rêves d'une vie meilleure, différente, ailleurs, loin de celle de ses parents.

De si courte durée, cette trêve : le 14 novembre, le père les surprenait et séquestrait sa fille. La mère, de plus en plus anéantie, ne réagit pas, soutenant mollement son mari… Tétanisée par la peur ?

« *Ça fait deux jours que je ne peux pas sortir de ma chambre ! J'entends des bruits dans la maison, je ne sais pas ce qu'il trafique ; maman est venue me voir une fois, m'amener une tartine, j'ai bien vu qu'elle avait pleuré, quelle n'était pas dans son état normal évidemment, mais c'est quoi son état normal ? Elle m'a dit de rester là, bien tranquillement, que tout allait s'arranger. Je crois qu'elle a peur de lui et qu'elle préfère faire comme si de rien n'était. Quand j'aurai dix-huit ans, que je pourrai partir d'ici, je l'emmènerai avec moi, et on vivra normalement, comme tout le monde, sans avoir peur et sans se cacher…* »

Un bond de deux mois, 28 janvier, quelque chose avait changé, les dessins, des spirales emmêlées, superposées, infinies, envahissaient tout, la lecture en était encore plus compliquée, l'encre ayant déteint sur de larges passages… Le style, lui aussi, avait changé : plus de jolies phrases ni d'espoir en sourdine, plus que l'incompréhension, la haine et la peur : « *Il s'est amené avec sa putain de lettre, il voulait que je la signe,* foutue lettre où je dis que je suis partie avec mon amoureux et que tout va bien pour moi, qu'il faut pas s'inquiéter… Je l'ai signée, en échange de mes livres et de mon cahier… Il ne m'a pas amené de bouquin, juste ce vieux livre où j'ai appris à lire… À qui il va la montrer, cette lettre ? 74 jours que je compte, mais c'est difficile, je me trompe peut-être, il n'y a pas de lumière ici, juste cette ampoule qui s'allume et s'éteint, est-ce que ça veut dire que c'est un jour qui passe ? Pas sûr. Alors, je compte les fois où il m'amène à manger, ça en fait 74 ! Au moins je peux écrire, maintenant, j'ai retrouvé mon carnet… Je ne sais pas ce qu'il veut, il dit qu'il veut me faire payer, mais quoi ? J'essaie de me sauver, il n'y a pas de fenêtres, comment a-t-il pu aménager cet endroit sans que personne ne s'en rende compte ? Pour me punir, qu'il dit, mais me punir de quoi ? »

Simon marqua une pause, cette lecture était de plus en plus pénible : difficile de déchiffrer les phrases, à moitié effacées, à moitié détrempées… Difficile surtout de lire la lente et inéluctable destruction d'une vie !

Il se leva. Afin de se dégourdir les jambes, il partit se préparer un café dans la cuisine, accompagné du chat.

Sa nuque crispée lui faisait mal, il avait envie de laisser tomber tout ça, de refermer le cahier et la porte, de reprendre sa vie !

Le chat se dressa sur ses pattes arrière, s'étira le long de sa jambe ; ainsi étendu, il atteignait sans effort la ceinture de son pantalon… impressionnant.

Le regard doré, liquide, du splendide félin se fondait dans le sien, comme une demande, une supplique.

En soupirant, Simon abdiqua, retourna dans le salon, reprit le cahier, quelques feuilles vierges et un stylo... S'il voulait y comprendre quelque chose, il allait devoir maintenant tout transcrire : les dessins, effrayants, envahissants, l'écriture précipitée, heurtée, serrée, incohérente par endroits rendaient en effet le récit à peu près illisible. Simon s'attela à en recopier ce qu'il put.

« ... je me suis réveillée et il était là, au pied de mon lit, debout, à me regarder dormir, je ne voyais pas son visage dans le noir, mais j'entendais sa respiration, je sentais son odeur forte, si forte...

... il m'a dit de me taire... je ne sais pas combien de temps il va me garder ici... maman, est-ce que tu vas m'aider, est-ce que quelqu'un va m'aider ?

... je me suis réveillée, il avait enlevé le drap pour me regarder ; j'ai cru que je rêvais, mais il était bien là, respirant fort... il a remonté ma chemise de nuit sur mes jambes... j'ai tellement honte, tellement honte... »

Simon posa les paumes de ses mains sur ses yeux brûlants de fatigue.

L'encre de Chine envahissait tout à présent, les dessins et les phrases ; l'humidité, transperçant les feuillets, avait imprimé en négatif, sur le verso des pages, les créatures d'ombre et de terreur dessinées par la jeune fille ; des fantômes et leurs doubles, plus effrayants encore ; une expression brute, brutale, de la folie qui grandissait en elle.

L'écriture elle-même, appliquée et ronde au début, était maintenant presque illisible, les mots se télescopant, s'emboîtant les uns dans les autres. Pour en comprendre le sens, l'écrivain, devenu scribe, devait lire à voix haute... et ces mots, et ces cris, prenaient vie dans le silence de la pièce, ajoutant encore à l'horreur des faits.

« ... j'ai arrêté de compter je ne sais plus depuis combien de temps... plus l'espoir... quelque chose dans la nourriture je crois, après je n'arrive plus à réfléchir ou à réagir.... au début il voulait juste que je le touche, maintenant il vient... pas tous les jours, je ne sais pas, je ne sais plus quand sont les jours... parfois il allume, parfois il éteint, parfois il oublie et ne vient pas me donner à manger mais je m'en fous, je voudrais mourir, avoir la force de mourir... j'ai des nausées chaque fois qu'il m'oblige à le faire, il me fait mal, son odeur me dégoûte, est-ce que quelqu'un va faire que ça s'arrête...

... maintenant il ne prend plus la peine de me parler quand il est en moi à souffler, à me faire mal, à m'écraser... il m'appelle « Lilith » et dit que c'est ma faute, tout ça est ma faute... plus de règles, mon ventre tout gros tout dur, il se fâche, des coups de pied, je ne crois pas que le bébé soit mort...

... pourquoi il m'appelle comme ça, Lilith, tout le temps ? Peut-être que si je comprenais ce qui se passe

315

dans sa tête, je pourrais lui parler, parfois, je me dis ça, mais, quand il est là, qu'il vient en moi, j'ai juste envie de mourir, de disparaître, je ne peux plus lui parler, même plus crier. Le bébé n'est pas mort, je le sens bouger dans mon ventre, je le caresse dans mon ventre, je ne suis plus toute seule maintenant…

… quand le bébé est sorti de mon ventre, il m'a obligée à le mettre sur une plaque en pierre, du marbre, je crois, et le petit, dessus, est vite devenu bleu et a arrêté de pleurer… Pas moi ! J'ai supplié qu'il me le laisse, que je ne sois plus toute seule, mais il est parti avec le bébé bleu et m'a laissée avec mon sang sur les jambes.

… il dit que je lui appartiens et ce qui sort de mon ventre aussi et que pour purifier la terre il doit les faire disparaître, pourriture du péché… mais celui-ci, maintenant, après deux enfants morts sur la plaque, celui-ci il me l'a laissé, peur que je meure que je me laisse mourir et il veut me garder là, près de lui… c'est une jolie petite fille, je veux l'appeler Évelyne… elle sait qu'elle ne doit pas trop pleurer, pas faire de bruit… quand il vient je la cache sous l'évier, je voudrais qu'il oublie qu'elle existe.

… encore un autre bébé mort, tué, je veux me déchirer le ventre qu'il n'y entre plus, plus y mettre d'enfants… je veux montrer autre chose à ma petite, lui apprendre à lire, la vraie vie, mais moi-même je ne sais plus très bien ce que c'est. »

Au fil des mots, Simon sentait son cœur se serrer, il aurait tant voulu être là, un moment, à côté de cette jeune femme, poser la main sur ses cheveux et, juste un moment, pouvoir l'apaiser. Mais les mots du cahier reprenaient leur course pour une dernière ronde, une dernière danse, soudés les uns aux autres sans logique ni ponctuation, litanie désespérée.

« ... *le deuxième bébé qu'il m'a laissé c'est un joli garçon il me ressemble si fort grands yeux verts et cheveux blonds, il est différent, il est différent, je pense que c'est un ange... pour m'aider à supporter... si doux je l'appelle Nathanaël nom d'ange et de beauté... dans le livre des comptines des dessins, on chante tous les trois longtemps longtemps puis on s'endort Cadet Roussel a trois maisons ah ah ah oui vraiment Cadet Roussel est bon enfant.. et l'autre, cette chanson triste je me souviens je la voyais à la télévision il y a longtemps je me souviens une dame si mince si triste si brune et qui parlait de cet oiseau ce grand oiseau cet aigle noir... emporte-moi l'oiseau sur tes grandes ailes emporte-moi loin avec mes deux petits fais vite le temps presse emporte nous... j'avaisdesrêvesjevoulaisêtreheureuse maisjenetiendraiplussilongtemps...illefautillefautpour mesenfantsmaispluslaforce...monventreanouveauplein pluslaforce...disparaître...unjourtoutdisparaîtleboncom melemauvais...commedeslarmessouslapluie...toutdispa raîtcommedeslarmessouslapluie...* »[1]

---

1. Pour voir le cahier de Lili, ses dessins et illustrations, rendez-vous sur : www.lili1973.be

C'était là, c'était ainsi que ça s'arrêtait, une vie, une histoire, un gâchis effroyable.

Par la petite fenêtre s'ouvrant sur le parvis, Simon voyait les premières lueurs de l'aube se répandre paresseusement sur la ville. Il referma, avec d'infinies précautions, le cahier qui avait déjà tant souffert.

Dehors, des gens allaient se réveiller, prendre leur petit déjeuner ; des mères allaient embrasser leurs enfants avant de les envoyer à l'école ; la vie allait continuer son cours.

En ce moment même, des couples faisaient l'amour, simplement, tendrement ; des câlins s'échangeaient ; des enfants rêvaient à leur avenir, à cette vie si belle, si pleine de promesses qui s'ouvrait devant eux. En ce moment, des pervers, malades, répandaient la terreur autour d'eux, battaient leurs femmes, torturaient leurs enfants, cassaient à jamais leurs rêves et leurs espoirs ; en ce moment, des individus exploitaient d'autres individus sous les yeux d'une société qui laissait faire, considérant que c'est un moindre mal et que, de tout temps, les plus forts avaient dominé les plus faibles...

Là, derrière chacune de ces portes, des destins si différents se nouaient.

Le bien, le mal, où était la frontière ?

On avait le choix ?

Est-ce qu'il y avait des jonctions, des carrefours où on pouvait décider d'être quelqu'un de bien ou pas ?

Simplement essayer de respecter l'autre, de faire le moins de mal possible ?

Est-ce qu'on choisissait de dévaster des vies ou est-ce qu'on répondait comme on pouvait à une frustration, à une douleur insupportable ?

Les bourreaux étaient-ils tous d'anciennes victimes, incapables d'inverser le cours de leur destin ou n'était-ce, finalement, qu'une affaire de chimie, de prédisposition génétique, d'environnement culturel ou de misère sociale ?

Simon, le cahier refermé, tournait ces pensées sombres dans son esprit. Lui qui avait cru, ces dernières années, rendre modestement compte des mouvements de l'âme humaine, toucher du doigt certaines de ses dérives, se sentait perdu, largué, les mains dans le cambouis, bien profond et sans savoir quoi en faire !

Devant lui, sur la table, le chat n'avait pas bougé, il le regardait tranquillement, de ses yeux d'ambre pâle, lui accordant toute sa confiance.

Simon se leva péniblement, son dos engourdi lui faisait mal.

Il rangea le cahier sur la bibliothèque, prit le chat dans ses bras pour aspirer un peu de sa force tranquille et se décida à rentrer chez lui.

Le luxe sobre et de bon ton de son loft lui sauta alors aux yeux. Comme il était facile de se voiler la face, de se réfugier dans des préoccupations futiles et quotidiennes pour ne pas se poser les vraies questions !

Son ordi, saturé, regorgeait de messages non lus ; il effaça la plupart sans même les parcourir, s'arrêta sur un mail de Grégoire qui s'inquiétait de son silence et l'invitait à venir manger dimanche avec Lucas. Il répondit que oui, que sans doute, ils viendraient... Tout ça lui semblait à présent tellement irréel.

Son éditeur aussi lui avait écrit à plusieurs reprises, s'étonnant de rester sans nouvelles ; Simon mentit, l'assurant qu'il travaillait à quelque chose de très... différent !

Il descendit à l'étage inférieur et trouva Lucas encore au lit.

— Oh, un revenant ! Tu t'es souvenu que tu avais une maison ? Avec un fils dedans ?

— Je t'en prie, c'est bien la dernière chose dont

j'aie besoin ! Je te signale que tu ne te soucies pas trop de moi non plus quand tu es en vadrouille... Et là, crois-moi, je ne me suis pas vraiment amusé !

— Je veux bien te croire, mais tu joues tellement les monsieur-mystère depuis quelques semaines, désolé, j'arrive plus à suivre.

Simon se dit qu'il était peut-être temps de raconter toute cette histoire à son fils – il en omit néanmoins certains détails, trop intimes pour être ainsi révélés – mais ça lui fit un bien fou de mettre des mots sur cette aventure rocambolesque : ces événements, une fois dits, semblaient tout à coup plus légers, plus gérables, comme s'ils s'imbriquaient et trouvaient du même coup une perspective.

— Cool ! Alors, tu es de nouveau amoureux, c'est super !

Et ce fut comme si un poids énorme s'envolait de sa poitrine ! Lucas avait retenu de tout son récit la seule chose vraiment importante : il était amoureux ! Oui, il en était sûr à présent... et le reste n'était plus qu'une série d'obstacles à surmonter !

Il prit le petit déjeuner avec son fils, s'intéressa aux oraux qui s'annonçaient au collège, lui laissa de l'argent pour les courses de la semaine, lança une lessive puis remonta chez lui. Quand il entra dans le salon, un mail de Maria Corbisier venait d'arriver. Elle qui prétendait refuser tout ordinateur dans son refuge, savait néanmoins s'en servir quand l'urgence s'en faisait sentir !

« Bonjour Simon,

Comme vous pouvez le constater, je n'ai pas traîné : quelques vieux contacts pas complètement obsolètes m'ont permis de vous obtenir une autorisation de visite. Demandez le docteur Pierpont à l'accueil et dites-lui que vous venez de ma part. Je ne vous accompagnerai pas là-bas, je crois que le moment n'est pas encore venu pour moi de rencontrer à nouveau Naëlle. N'oubliez pas d'emporter le livre avec vous, on ne sait jamais… Et puis, faites-lui confiance, chacun de vous doit faire la moitié du chemin, vous n'êtes pas seul dans ce combat ! Ce prénom qu'elle n'a pas choisi : Nathanaël… sachez qu'il est la marque d'un esprit constamment en éveil, animé d'un désir de revanche et d'élévation, capable de pousser ses actes jusqu'à leurs conséquences extrêmes ; chez ces individus, la notion de combat, de lutte, est omniprésente ; ils semblent toujours prêts à affronter quelque chose ou quelqu'un ; téméraire, volontaire. Nathanaël sait encaisser les coups, ne se plaignant que très rarement… Alors si, comme je le crois, elle présente certaines des caractéristiques de son prénom, vous voyez, vous n'êtes pas seul ! Et n'oubliez pas que les mots ne sont que des représentations symboliques de la pensée ; les êtres purs n'ont pas forcément besoin du langage pour communiquer ; les pensées peuvent se transmettre sans avoir recours aux médiations ou aux signes ! Faites-vous confiance ! Je vous souhaite d'avoir autant de force et de courage qu'elle en aura besoin, n'hésitez pas à m'écrire et donnez-moi des nouvelles… (Eh bien oui, j'ai un vieil ordinateur caché dans une armoire… mais peu de gens connaissent mes coordonnées je vous les confie donc, n'en faites pas étalage…)

Bien à vous,
Maria Corbisier »

Enfin, enfin, une porte semblait s'ouvrir !

Le livre de chansons enfantines sous le bras, il se précipita à l'hôpital.

Une fois remplies toutes les formalités d'usage, il se retrouva enfin devant la porte de sa chambre. Elle était verrouillée, précaution bien inutile : accroupie dans un coin, Naëlle regardait par la fenêtre la course ralentie des nuages.

Simon ne s'approcha pas, il s'assit dans l'angle opposé et resta un moment à la contempler, sans un mot.

Ses cheveux avaient été rassemblés en une longue natte et le pyjama en coton bleu, trop grand, noyait ses formes ; elle semblait néanmoins avoir maigri… Toute vie avait quitté ses yeux ; la bouche entrouverte, elle fixait obstinément un point au loin, au-delà des toits de la ville.

Simon ne savait comment lui parler, ne savait même plus comment l'appeler… Qui était-elle en ce moment ? Nathanaël ? Naëlle ? Quelqu'un d'autre ?

Il commença doucement, à voix basse, la lecture du livre, fredonnant les chansons quand il les reconnaissait, inventant une mélodie quand ce n'était pas le cas.

Une heure était passée, le livre était terminé, il avait consciencieusement lu chacun des passages, mais Naëlle n'avait pas bougé d'un millimètre, les muscles apparemment tétanisés dans cette position animale. Un peu désappointé, il recommença la lecture du début, donnant plus de voix, chantant plus joyeusement les chansons mais n'obtint pas davantage de résultats.

— Naëlle ? Naëlle, je vais partir, mais je reviens te voir demain… Tu veux bien ?

Immobile, silencieuse, avait-elle seulement entendu ?

Découragé, il sortit de la chambre. L'infirmière de l'étage le rattrapa avant qu'il n'atteigne les ascenseurs.

— Vous savez, monsieur, il ne faut pas abandonner… Ça peut prendre des semaines, et, sans crier gare, ils refont surface.

— Je vous remercie, je n'ai aucune intention d'abandonner, je voudrais juste savoir si je suis dans la bonne direction, si c'est ce qu'il faut faire, si c'est ce qu'elle attend de moi.

— Je crois que, dans des cas comme celui-là, personne ne sait ce qu'il faut faire. Soyez vous-même et, si elle peut revenir jusqu'à vous, elle le fera.

Durant deux semaines, Simon vint tous les après-midi.

Inlassablement, il lisait les comptines, donnait des nouvelles du jour, du monde, parlait des jeunes feuilles à présent sur les arbres, de l'été bientôt là, des enfants jouant dans les parcs et des amoureux sous la pluie.

Il s'installait dans ce monologue, oubliant même qu'il attendait une réponse.

Un jour, il avait tenté de la toucher, avait posé doucement la main sur son épaule, elle s'était brutalement dégagée, se réfugiant, gémissante, entre le lit et l'armoire... Il n'avait plus essayé de l'approcher.

« Maria,

J'ai besoin de votre aide.

Je ne parviens pas à la rejoindre.

Je n'arrive à rien.

Donnez-moi une piste !

Simon Bersic »

Maria avait bien imaginé que ce ne serait pas simple : il y a si peu de miracles dans ce monde !

Durant plusieurs jours, elle consuma de la sauge, s'hypnotisa dans des chants ancestraux, voyagea dans l'esprit de la terre, dans la glaise des origines, à la recherche d'un animal de pouvoir... Compte à rebours mental, battements lancinants des tambours consacrés, lente descente dans les entrailles argileuses de l'esprit, ombres croisées, à peine entrevues, qui ne s'attardent pas ; puis, enfin, celle qui vient, qui répond à l'appel et qui fait avec elle un bout du chemin.

Lors de trois voyages, alors qu'elle cherchait de l'aide pour Naëlle, le même animal se présenta, il n'y avait plus de doute, Maria l'avait bien identifié !

« Simon,

Je ne sais si ceci peut vous aider ou éveiller un quelconque écho en vous, je ne sais si votre ouverture d'esprit peut vous permettre d'accepter ce genre d'approche, mais… l'animal de pouvoir de Naëlle, celui que j'ai rencontré en faisant pour elle des voyages chamaniques (que vous y croyiez ou non) est un chat.

J'espère que ceci pourra, d'une façon ou d'une autre, vous aider tous les deux.

Maria »

Un chat ?

Un chat !

Ça semblait tellement évident que c'en était risible !

Mais Simon n'imaginait pas une seconde que Maria pousse la plaisanterie jusque-là ; et puis, il était certain de ne jamais lui avoir parlé du chat de Naëlle.

Tous les matins, avant de se rendre à l'hôpital, il était passé nourrir l'animal, pas une fois, il n'avait imaginé que celui-ci pourrait avoir un quelconque pouvoir thérapeutique !

Et même si le jeu en valait la chandelle, il ne voyait pas très bien comment introduire le félin dans l'établissement. Une visite dans une animalerie l'avait rapidement convaincu qu'une cage de transport suffisamment grande pour accueillir l'animal ne passerait certainement pas inaperçue dans les couloirs de l'hôpital !

Il se rabattit donc sur un grand sac de sport qu'il perfora de quelques trous.

Persuader le chat d'y entrer ne fut pas une mince affaire... L'y maintenir sans qu'il feule comme un beau diable fut encore plus compliqué !

Mais tant qu'à passer de l'autre côté du miroir, Simon décida de s'y adonner avec conviction : il parlementa avec le chat, lui expliquant le bien-fondé de la démarche et l'importance de se montrer discret.

Après deux jours d'efforts, le matou sauta dans le sac et se laissa enfermer sans rechigner (les croquettes au poulet disposées dans le fond aidaient peut-être un peu... mais, dans l'urgence, il faut bien admettre que le dialogue ne peut pas tout résoudre !).

Tous les deux étaient dans la place, le chat s'était montré remarquablement silencieux mais le poids du sac sciait l'épaule de Simon, cet animal pesait plus de onze kilos !

Il posa son chargement au centre de la chambre, ouvrit la fermeture éclair et attendit. Prudemment, le matou passa la tête, repéra les lieux puis, d'un bond, se dégagea.

Immédiatement, il se précipita vers Naëlle, frottant son échine contre le dos, obstinément tourné, de la jeune femme. Le ronronnement du chat s'entendait à l'autre bout de la pièce, et son contentement, à lui seul, valait bien toute la peine que Simon venait de prendre.

Le chat se dressa, posant les pattes avant sur les épaules de Naëlle, il se livrait à une démonstration énergique d'affection, enfouissant son museau dans les cheveux blonds, léchant les joues, les oreilles de sa maîtresse, lui pétrissant la nuque, vrombissant à souhait. Quand il estima avoir été au bout du rituel, il s'installa confortablement sur les genoux de la jeune femme et ferma tranquillement les yeux.

Durant toute cette parade amoureuse, Naëlle n'avait pas cillé ; Simon se dit qu'une fois de plus il allait devoir s'armer de patience... Comme chaque jour depuis plus de trois semaines, il entama la lecture. Arrivé aux deux tiers du bouquin, relevant les yeux, il vit la main gauche de Naëlle posée sur le dos soyeux de l'animal ! Elle avait bougé, elle avait réagi ! Mouvement réflexe ou volontaire, on verrait bien ; Maria avait peut-être raison, elle était là, la porte !

Simon, les larmes aux yeux, continua la lecture.

Lorsqu'il quitta la chambre que l'obscurité avait envahie, son lourd fardeau dans les bras, la jeune infirmière de l'étage l'interpella :

— Monsieur Bersic ?

— ...

— Vous transportez quoi dans ce sac ?

— Euh... des livres.

Pour tenter de confirmer ses dires, ou peut-être pour lui soutenir le moral, le chat émit un très léger miaulement... À peine trois syllabes...

— Monsieur, s'il vous plaît, faites en sorte que vos livres restent discrets : je risque ma place ici !

— Oh, ils le seront, faites-moi confiance ! Ne nous trahissez pas, je crois que c'est une bonne médecine !

— Je ne demande pas mieux que de vous croire, mais les médecins dans cet hôpital ne sont pas très branchés « thérapies alternatives » et sont, en revanche, très à cheval sur l'hygiène.

— Laissez-lui une chance : il vient d'entamer le traitement et il a déjà eu un petit résultat !

— D'accord, je vous couvrirai autant que je peux, mais soyez discrets ! Bonsoir.

Traversant la ville au volant de sa voiture lancée à toute allure, Simon bouillonnait d'impatience : le fil existait, le fil était là, elle n'était pas perdue, il fallait juste qu'elle l'attrape, s'y accroche... et le chat et lui allaient y arriver !

Ce n'était pourtant pas simple de conduire avec un énorme matou faisant ses « patounes » sur ses cuisses à chaque changement de vitesse, mais il arriva néanmoins à bon port, récompensa le chat par une double ration de croquettes et se précipita chez lui : il fallait d'abord résoudre quelques problèmes pratiques.

— Tu as vu l'heure qu'il est ? Pas de nouvelles de toi pendant des jours, et puis tu téléphones sans crier gare... Je ne travaille pas 24 heures sur 24, figure-toi ! Ma femme déteste que je quitte la table au milieu du repas.

Georges Wynant, l'avocat de Simon, était toujours un peu rapide à l'allumage, c'était d'ailleurs en partie pour cette raison qu'il remportait pas mal de ses affaires !

— Je veux que nous nous portions partie civile pour Naëlle dans le procès Jonasson.

— C'est inutile, les Delforge l'ont déjà fait ; et avec tout ce qu'on a contre lui, Armand Jonasson est bon pour la peine maximale : kidnapping, viol avec violence, séquestration et non-assistance à personne en

329

danger ayant entraîné la mort, le bonhomme ne sortira jamais de prison !

— J'espère bien ! Mais ce que je veux, c'est que Naëlle soit reconnue comme victime, et uniquement comme victime !

— Pour quoi faire ? Elle est internée de toute manière.

— Débrouille-toi, je vais essayer de me charger du suivi psychiatrique, je voudrais qu'elle n'ait pas de casseroles judiciaires derrière elle.

— Ouais, elle a tout de même séquestré le petit et le vieux, je sais que c'était pour aider le gamin et qu'elle n'était pas consciente de ses actes à ce moment-là, mais les faits sont les faits.

— Trouve ! Trouve ! C'est ton job !

— OK, je vais me mettre au boulot, mais si tu permets, je vais d'abord terminer mon repas !

Pas moyen de dormir, pas moyen de dormir.

Il avait déjà exploré toutes les positions possibles, compté les moutons à l'endroit, à l'envers, imaginé l'infini du cosmos et les étoiles bienveillantes tournoyant autour de lui pour l'inviter au sommeil, il était comme une pile électrique sur un matelas humide. Il se leva.

Il fallait qu'il trouve la solution, il fallait qu'il trouve l'accroche, le chat avait amorcé le processus, mais ça ne suffirait pas, il le sentait bien.

Il se fit un thé… Earl Grey ? Oui, merci, c'est bien. Il se surprit à parler tout seul et le chat lui manqua, terriblement.

Il alluma son ordinateur et, après avoir envoyé un mail rassurant à son éditeur pour l'informer de l'état d'avancement de son travail, ouvrit OpenOffice-dossier-décembre 2010, consterné par les prémices laborieuses de son prochain bouquin.

Sans état d'âme, il effaça le tout.

Il retrouva dans son bureau un cahier à la couverture de moleskine dont il pensait ne plus jamais se servir et écrivit, la nuit durant, noyant sa solitude dans un cocktail lénifiant de mythologies surréalistes, de chimères gynandromorphes, d'unions cosmiques et improbables... Écriture automatique mêlant en vrac ses craintes, ses espoirs, ses doutes et ses envies.

Ses journées s'organisaient désormais suivant le même rituel : il passait chercher le chat dans l'appartement de Naëlle, se rendait avec lui à l'hôpital et, chaque jour, lisait à sa belle absente silencieuse les lignes qu'il avait écrites la veille.

« ... *Voir les étranges rivières, les doux paysages du désir, les villes de soie et d'ambre... Voir cette eau, claire jusqu'à son fond... l'eau de cristal et l'herbe de plume... juste cette peau de lait et les songes qui la tissent.* »

Il repartait, son sac de sport sur une épaule, le cahier à la main, avec l'espoir d'un progrès accompli, l'illusion d'avoir aperçu un frémissement dans son regard.

Et le jour suivant arrivait ; le chat avait bien accepté la routine à présent : il sautait de lui-même dans le sac sans que Simon ait à l'en prier !

« *Des fleurs sur tes yeux, du rosé sur tes joues, un charme sur mon cœur... Que la joie soit tienne, ma mienne, ton cou d'ivoire, laisse-le entre mes doigts, laisse-moi être à toi... Mes yeux, enfin, s'ouvriront quand la lumière te reviendra !* »

— C'est dingue ce que tu vis !
— Tu trouves ?

Lucas regardait son père, entre deux bouchées de corn flakes, avant de partir pour le premier cours matinal au collège, et c'était lui, si jeune, qui semblait sage, et c'était lui qui semblait serein.

— Oui, c'est beau, c'est comme l'amour courtois.
— L'amour courtois ?
— Chez les médiévaux...
— Quoi, c'est ton nouveau truc, c'est fini le gothique ?
— Tu dis n'importe quoi, je n'ai jamais été gothique ! Non, je trouve ça... intéressant !
— Tu t'intéresses au Moyen Âge ?
— Si tu passais plus de temps avec moi, on aurait déjà pu en parler.
— Sans doute... Et donc, c'est quoi pour toi, l'amour courtois ?
— L'amour sans objet, l'amour pour l'amour.
— Tu me vois vraiment en don Quichotte ? En lutte vaine contre des moulins à vent ? C'est réconfortant !
— C'est épuisant, cette façon que tu as de tout ramener à toi !
— Tu as raison, je n'ai pas beaucoup de distance

pour l'instant ; on reparlera de ça, tu veux, quand je serai moins dans l'urgence... plus dans le médiéval !

— Fous-toi de moi, va ! Si un de nous deux se complaît dans le gothique, ce n'est pas moi... Tu n'en as pas assez, de ces histoires sordides ? Oui, on en reparlera, de l'amour courtois... quand tu l'auras ramenée de là-bas, ta Dulcinée.

Sans lui laisser l'occasion de répliquer, Lucas l'avait planté là. Il essaierait de s'expliquer avec lui ce soir... ou demain.

Et les jours succédaient aux jours, et Simon, dans la froideur clinique de cette chambre d'hôpital, égrenait ses mots, petites prières incantatoires, autant de mots, autant de lettres, signes jetés dans un gouffre de silence.

Les réponses étaient lentes et fragiles, mais il était sûr de les voir : un léger glissement de la nuque, deux doigts qui flottent sur la musique des sons, un regard qui s'attarde...

Il repartait chaque soir, ignorant les soupirs désolés des infirmières qui prenaient le relais de la nuit.

*

Lorsque Simon ouvrit la porte de son appartement, un délicieux fumet s'échappait de la cuisine.

— Céline ?

— Oui ?

— Qu'est-ce que tu fais là ?

— Un rôti tout bête, pommes sautées, haricots

princesse, mais j'ai des mangues pour le dessert... Il fallait bien que je vienne à toi puisque tu ne nous donnais plus de nouvelles... C'est Lucas qui m'a ouvert, mais il ne veut pas manger avec nous, il a une réunion, ou je ne sais pas quoi, il m'a dit que tu aurais sûrement des choses à me raconter !

— Je vois, c'est une conspiration ! Mais il sent rudement bon ce guet-apens !

Le repas était simple et délicieux, Simon avait ouvert une bouteille de mâcon-villages, il se laissa aller et raconta son combat quotidien.

— Naëlle ! murmura pensivement Céline. J'ai toujours trouvé cette jeune femme tellement mystérieuse ! Si j'avais su, j'aurais pu vous présenter plus tôt, ça aurait peut-être évité certaines choses...

— Arrête, tu n'as évidemment rien à te reprocher, c'est la vie et ses chemins qui nous semblent parfois incompréhensibles, pourtant ils ont sûrement leur raison d'être !

— C'est un beau défi que tu relèves là, je pense que tu as raison, les mots peuvent guérir des maux.

Simon sourit, se disant qu'il avait peut-être perdu un temps précieux, il y a quelques semaines, à ne pas vouloir accepter cet adage.

— Ne perds pas courage, reprit Céline, ne nous oublie pas non plus, tu le sais, si on peut t'aider, on sera toujours là.

— Vous êtes formidables, toi, Lucas, Grégoire, les enfants, mais c'est tout seul que je dois la ramener.

— La sortir des enfers, comme Orphée ramenant Eurydice.

— Décidément, Lucas me parle de Dulcinée, toi d'Eurydice, on nage en plein roman !

— Exactement ! Tout ce que tu me racontes touche tellement à l'essentiel qu'on rejoint forcément le mythe ; mais toi, je suis convaincue que tu vas réussir !

— Je n'ai pas l'intention de renoncer, en tout cas. Je ne suis pas du tout persuadé que mon chant vaille celui d'Orphée, mais, aujourd'hui, je crois que j'ai autant besoin de dire ces choses qu'elle a besoin de les entendre.

Après le départ de Céline, Simon rédigea fiévreusement les lignes qu'il lirait à Naëlle le lendemain, il reprenait le fil là où il l'avait laissé, ses pensées survolant la ville endormie jusqu'à la petite chambre où, il en était certain, elle l'attendait ; autant de mots, autant de notes d'une mélodie inachevée.

« *Peut-être es-tu née avec ce corps-là, bien particulier, pour des raisons bien particulières... Avec ceci d'un homme et cela d'une femme ; avec la vigueur et la délicatesse, avec la force et la beauté, passerelle entre un genre et l'autre. Peut-être que quelqu'un comme toi, si particulier, vient de temps à autre pour nous rappeler le passé, pour présager le futur... parfois pour le mal, souvent pour le bien... »*

Lorsqu'il sortit de la chambre d'hôpital, ce soir-là, le docteur Rousseau l'attendait, assis sur une des chaises du couloir.

Simon prit place à côté de lui.

— J'ai beaucoup d'estime pour ce que vous faites,

monsieur Bersic, croyez-moi, et les infirmières de l'étage ne tarissent pas d'éloges à votre égard !

Le chat, ne comprenant pas cet arrêt inhabituel dans leur routine quotidienne, bougeait doucement dans le sac.

— Et puis, ouvrez un peu ce sac, cette pauvre bête va étouffer !

— Vous êtes au courant ?

— Évidemment… Vous pensez que j'ignore ce qui se passe dans mon service ? Je respecte infiniment votre démarche, mais laissez tomber, vous allez vous épuiser inutilement.

— Je vous assure qu'il y a des progrès, je le vois dans ses yeux, elle se laisse approcher maintenant, elle semble écouter… J'arrive même à lui brosser les cheveux sans qu'elle se débatte !

— C'est normal, elle est sous médication lourde, les neuroleptiques agissent, pas autant que je l'espérais cependant. Si elle reste dans cet état, je ne vais pas pouvoir la laisser ici ; elle monopolise une chambre qui pourrait être plus utile à quelqu'un d'autre, il faut que vous le compreniez !

— Laissez-moi encore une semaine, une petite semaine.

— Mmm… d'accord ; mais, le mois prochain au plus tard, on fera un bilan et on avisera, je ne suis pas seul dans cet hôpital, j'ai des comptes à rendre.

« Toute joie volée, seul le nuage rose à tes joues calme le feu de mes pensées ; aucune lune n'éclipsera la pâleur d'ivoire de ton sein ; laisse-moi reposer dans ton herbe fraîche, dans ton ombre languissante, accorde-

moi le repos, apprends-moi l'amour dans ta rosée matinale… Cristal pur, ange infaillible et fragile, tu flottes
au-dessus du monde des hommes… Regarde-moi, mes
yeux te reconnaissent. »

Rien, rien, ou presque… Les jours avançaient et
Simon devait bien admettre qu'il n'arrivait pas à
grand-chose. Au mieux, Naëlle semblait plus apaisée,
et parfois sa main, comme mue par une vie propre,
caressait distraitement le chat lové sur ses genoux,
mais c'était tout ; rien de concret, rien de probant ne
venait casser la monotonie des heures.

Simon rentrait chez lui suivant le même rituel :
sortir de l'hôpital, récupérer sa voiture, traverser la
ville et les embouteillages, ramener le chat chez lui (il
ne pouvait se résoudre à l'enlever à son environnement naturel, même si cela doublait ses trajets quotidiens ; il avait ainsi l'impression de laisser un
gardien, un ami, dans l'appartement de Naëlle), retra-
verser la ville, passer chez le boucher et le légumier,
préparer un repas qu'il partagerait peut-être avec
Lucas, s'il était là…

Mais dans l'appartement ce soir tout était sombre,
personne à la maison ; sur le plan de travail de la
cuisine, une lettre laissée en évidence par Lucas, coin-
cée entre les épices et le vinaigre balsamique.

« Papa,
J'ai, dans un premier temps, été ravi de te voir
sortir de ta torpeur et t'intéresser à cette fille (même
si, avec à peine cinq ans de plus que moi au compteur,

ça en faisait d'emblée une curieuse belle-mère potentielle !).

Ensuite, j'ai été très fier de ton coup d'éclat :
mon père, ce héros, qui sauvait les petits garçons
séquestrés ; pour une fois, les journaux parlaient de
toi pour autre chose que tes frasques sentimentales
ou tes best-sellers à répétition !

J'étais fier, oui, mais si j'avais pu imaginer qu'elle
allait monopoliser toute ton attention pendant des
mois, j'aurais sans doute été moins euphorique.

Ça fait des semaines que tu ignores à quoi je passe
mes journées ! Le 12, tu n'es pas venu à la soirée de
confirmation d'orientation universitaire, j'étais seul,
comme un con !

Au cas où ça t'intéresserait néanmoins, j'ai décidé
de faire un master d'histoire médiévale… Je t'avais
dit que le Moyen Âge me passionnait, mais tu l'as
sans doute oublié… J'ai saisi l'opportunité de suivre
un stage de trois semaines à l'université Falsbury, je
suppose que mon absence ne te manquera pas trop.
Ce stage n'était pas donné, mais avec l'argent de
l'iPad que j'étais censé acheter pour mon anniversaire
(as-tu remarqué que je ne l'avais pas fait ?), et avec
l'argent de poche versé automatiquement sur mon
compte (pratique, hein, de ne même pas devoir y
songer…), j'ai pu réunir la somme nécessaire. Merci
grandement, papa, pour ta contribution financière !
Au moins, sur ce plan-là, tu ne m'auras jamais déçu.

Je serai donc en immersion médiévale jusqu'au
23 avril, j'assisterai, entre autres, à trois conférences
inédites de Hugh Stenson (je parie que tu as également oublié qu'il était mon auteur favori) sur les

codes d'honneur des chevaliers errants, parias ou mercenaires, héros ou vagabonds. J'en salive à l'avance, voilà qui devrait me changer de tes sordides histoires d'inceste !

Je pense qu'il vaut mieux, pour l'instant et pour nous deux, que je te laisse tranquillement mener ta quête et que, de mon côté, je découvre quelle est la mienne,

Ton fils.

PS : Ne me téléphone qu'en cas d'extrême urgence, les portables sont bannis sur le site. Tu peux, si tu en trouves le temps, m'écrire : Falsbury University (FU) 1304 Frampton av.-MD 12502. »

— Allô ! Allô, Céline ! Tu étais au courant ?
— Quoi ? C'est toi, Simon ? Qu'est-ce qui se passe ?
— Tu étais au courant ?
— Mais de quoi ?
— Du départ de Lucas, pour Falsbury.
— Falsbury... Mais qu'est-ce qu'il fait là-bas ?
— Un stage d'immersion médiévale sur le statut du chevalier errant !
— Wouah, cool !
— Oh, je t'en prie, tu ne vas pas t'y mettre, toi aussi.
— Attends, il y a des gamins qui se droguent, qui fuguent, qui piquent des bagnoles, le tien part faire un stage à l'université... Hou hou hou... ça fait

peur ! ! ! ! Ouvre les yeux ! Tu devrais t'estimer heureux.

— Tu n'as pas vu la lettre qu'il m'a laissée !

— Quoi ? Il règle un peu ses comptes avec toi ? C'est normal, non, il a dix-huit ans, je commençais à me demander quand il allait la faire, sa crise d'adolescence... En plus, tu n'es pas très disponible pour lui ces derniers temps, tu t'attendais à quoi ?

— Tu crois que je dois aller là-bas ?

— Surtout pas, laisse-le tranquille.

— Je ne peux même pas lui téléphoner, apparemment, les portables ne sont pas admis. Il t'avait parlé de ce projet ?

— Tu crois vraiment qu'il en aurait parlé à la vieille copine de son père s'il n'avait pas envie que tu sois mis au courant ? Allons ! Tu viens manger ce soir ?

— Oui... J'écris à Lucas et je me mets en route... Je peux dormir chez vous ?

— Même pas besoin de demander !

« Mon grand,

Je suis tellement désolé... et le dire ne sert à rien, j'en ai bien conscience.

Tu me sens lointain, absent, et tu as raison, je suis même absent à moi-même ; je te demande encore un peu de patience, tu es en train de construire ta vie, de devenir un homme formidable, et si tu savais à quel point j'en suis fier. Donne-moi un peu de temps pour me reconstruire moi aussi.

Et même si tu le comprends mal, ma vie, aujourd'hui, est liée à cette femme. Je dois essayer de l'aider, je n'ai pas le choix ; si je l'abandonnais maintenant, je ne pourrais plus me regarder en face. J'agirais de même pour toi si tu avais besoin de mon aide !

Nous en parlerons à ton retour si tu veux bien, d'ici là, j'espère que son état aura évolué et me permettra de me sentir plus disponible, moins fragile…

Ton père qui t'aime, si tu savais combien. »

Une journée de plus, une journée de trop, passée dans l'atmosphère stérile de cet hôpital.

Simon, toujours et encore, égrenait les mots, psalmodiait les phrases écrites la veille, les trouvant vides de sens, signes pitoyables, symboles dérisoires lancés dans cette nuit sans écho. Entendait-elle seulement le son de sa voix ?

« L'unité sans fissure, sphère parfaite, infiniment remplie, infiniment comblée, infiniment pleine, lumière dans le chaos… Ne faire qu'un, soudé l'un à l'autre… Dans la séparation, nous sommes morts, ne le vois-tu pas ? Je voudrais renaître à nouveau, ma main dans la tienne, passer ensemble par la porte étroite, la lumière à nouveau dans mes yeux à travers ton regard. »

— Naëlle, Naëlle, je n'en peux plus… Tu dois m'aider davantage, on doit lutter ensemble, je ne veux pas te perdre !

Tout ça ne peut pas avoir été vain ; toute ta souffrance ; celle de ta mère, Lili ; celle de ta sœur, Éve-

341

lyne ; tout ton courage, toutes ces années, tout ça doit bien mener quelque part.

Rien, toujours rien, ou presque… Parfois, Naëlle levait le visage vers lui et semblait le regarder, mais ses yeux étaient morts ; quelques mouvements automatiques l'agitaient parfois, c'était pire alors, ces gesticulations la faisaient ressembler à une marionnette manipulée par quelque savant fou, enveloppe vide, mécanique sans âme, pathétique et grotesque.

« Me ré-unir, me réunir à toi… Fais-moi chair de ta chair, os de tes os, je suis ta moitié perdue, c'est moi l'inachevé ! C'est toi la complète ! Devenir un, le dehors comme le dedans, le dedans comme le dehors, redevenir un. Sans toi, je tombe, je tombe dans l'infini. La division me morcelle. »

— Naëlle, on est jeudi, on est jeudi, Naëlle ! Demain, je vois le docteur et je dois lui prouver qu'il y a des progrès et je n'arrive à rien, c'est ça la vérité, je n'arrive pas à entrer en contact avec toi ! Ce que ce chat peut faire avec toi, ce que Maria a pu faire avec Nathanaël, moi, je n'y arrive pas !

Je me suis réfugié dans les mots, j'ai l'impression de ne rien savoir faire d'autre, mais je ne veux pas te perdre !

Non, c'est faux, ce n'est pas ce que je veux dire, en fait, je ne veux pas que tu te sois perdue à toi-même, je veux que tu aies une vie, une vie à toi, celle que tu mérites, avec ou sans moi. Je ne te demande rien, rien en retour. Je ne supporte pas toute cette injustice que tu as connue, et je me sens tellement nul, tellement incapable de... Oh, et puis, à quoi ça sert... Je vais arrêter ce soliloque. Dors bien, mon ange.

Tu viens le chat ?

Simon, découragé, se dirigea vers la porte, mais le chat, sphère crème, soyeuse, calé sur les genoux de sa maîtresse, ne voulait pas venir ce soir, ne voulait pas réintégrer son sac, ne voulait pas rentrer. Simon avait beau l'appeler, il ne daignait pas ouvrir un œil !

— Allez, viens, le chat, on doit partir, il est l'heure, on reviendra demain.

Comme il ne bronchait toujours pas, Simon se décida à aller le chercher. Au moment où il allait l'emporter, les mains de Naëlle retinrent les siennes, fermement...

— Nicolas, il s'appelle Nicolas !

*

Désormais, chaque jour apportait son lot de progrès, parfois inespérés, parfois décevants mais, incontestablement, ils progressaient, tous deux acharnés à reconquérir la mémoire, la conscience, la coordination, conscients de devoir donner des preuves, de baliser le chemin, pour les autres et pour eux-mêmes.

— Monsieur Bersic, je vous dois des excuses, vous avez obtenu des résultats inespérés, je n'en abandonne pas pour autant mes convictions scientifiques, chacun sait que l'exception confirme la règle !

Malgré son ton sceptique, le docteur Rousseau rayonnait de bonhomie ; il était heureux de la tournure que prenaient les événements tout en espérant qu'une désillusion ne viendrait pas fracasser leurs espoirs.

— Si elle continue à faire de tels progrès, on pourrait peut-être, d'ici quelques semaines, envisager une sortie.

— Vous voulez dire qu'elle pourrait quitter l'établissement ?

— Oui, mais pas n'importe comment, elle devra rester soumise à une solide médication. De plus, il faudrait que quelqu'un assume sa tutelle.

*

— Tu veux devenir son tuteur ? C'est quoi cette blague ?

— Pour qu'elle puisse sortir d'une institution, il faut que quelqu'un en assume la responsabilité, pendant trente-six mois, avec un contrôle mensuel chez le psychiatre.

— Et tu es prêt à faire ça ? Tu as bien réfléchi aux conséquences potentielles pour toi, pour Lucas ?

— Évidemment, et j'en discuterai avec Lucas. Tu es mon avocat, j'aimerais que tu te charges de la légalité de la démarche.

— Tu peux me dire que je me mêle de ce qui ne me regarde pas, mais il y a tant de filles formidables, simples et sympas sur terre, pourquoi faut-il que tu t'accroches à celle-là ?

— Je ne suis pas sûr d'avoir choisi, c'était comme une évidence… Peut-être pas le chemin le plus simple, mais je ne regrette rien !

— Très bien, que veux-tu que je te dise, je ne peux que respecter ton choix. Alors, soyons concrets, j'ai ici les conclusions du juge, grâce à ton travail acharné de ces dernières semaines, les expertises des psychiatres ont abouti à « une altération du discernement consécutive à un épisode de bouffée délirante ».

Le procureur général et le juge d'instruction ont donc décidé que Naëlle échappait à l'internement psychiatrique prolongé puisqu'il n'y a pas « abolition » du discernement ; et, sur un plan pénal, les parents du petit Adrien n'ayant pas porté plainte, le dossier est clos !

— Je te remercie.

— Je n'ai fait que mon boulot.

— Ne sois pas inquiet, je suis certain que tout va bien se passer.

— Si tu le dis…

Il faisait doux, ce matin-là, pas encore très chaud, Naëlle et Simon avaient emballé les quelques effets amenés au fil des semaines : des chemises de nuit, quelques tee-shirts, un jeans, des objets de toilette, deux ou trois livres.

Mis à part les promenades dans le parc de l'hôpital autorisées depuis deux semaines, ça faisait 109 jours que Naëlle n'était pas sortie !

Elle était jolie, dans un ensemble en soie lavée de couleur parme que Simon était allé chercher spécialement pour l'occasion.

VII

*… comme la fin d'une histoire
qui commence…*

NAËLLE

Depuis qu'il l'avait sortie, à bout de bras, du noir sombre où elle végétait, Naëlle voyait en Simon son soleil, sa lumière enfin révélée ; mais sa pudeur naturelle, la retenue que lui avaient imposée les épreuves douloureuses de sa vie l'empêchaient de manifester ouvertement cette reconnaissance.

Elle se disait que le temps lui permettrait de lâcher prise, de laisser libre cours à ses sentiments, à ses émotions ; de vivre pleinement le bonheur inouï de l'instant, le présent comme un présent, sans craindre pour autant de punition inévitable.

Elle devait aussi, égoïstement, se reconstruire ; recoller les morceaux, les fragments de sa vie qui, maintenant, venaient parfois brutalement envahir son esprit… C'était un pan d'ombre dont elle ne pouvait parler à personne pour l'instant : à certains moments, ses deux existences se juxtaposaient, des souvenirs de son enfance, encore vagues, émergeaient péniblement.

Nathanaël, puisqu'on lui avait révélé que c'était là son vrai nom, n'était pas qu'un prénom composé, il était véritablement la somme de deux personnalités, elle en avait parfois conscience à présent et cette perception fragmentée de sa vie lui donnait le vertige. Il était, en tout cas, trop tôt pour en parler à Simon… Encore moins aux docteurs qui verraient probablement là une raison de revoir leur jugement et de ne pas lui rendre son autonomie.

Mais ce matin, au bras de Simon, elle franchissait les portes de l'hôpital, radieuse, sa vie commençait, enfin ! Une vie qu'elle pourrait tenter de construire comme bon lui semblait, avec sa force et surtout ses faiblesses, ses grands questionnements, ces années perdues, oubliées, enfouies dans un coin de sa mémoire et qu'il faudrait patiemment déterrer, désensabler avec courage, sans avoir peur d'affronter ce qu'elle y trouverait. Elle savait qu'on ne lui avait pas tout dit, les docteurs étaient restés vagues sur un certain nombre de sujets et Simon, bien trop pudique, la laissait progresser à son rythme.

C'était un grand travail qui l'attendait, le travail de toute une vie : construire un être humain, repartir de rien.

Mais ce matin, radieuse, elle franchissait les portes de cette vie nouvelle au bras de l'homme qu'elle espérait pouvoir un jour aimer.

SIMON

Pas une fois, il n'avait baissé les bras, il avait tenu bon devant tant d'incertitudes, devant tant de dangers ; il savait que le combat n'était pas terminé, qu'il y aurait encore des épreuves, mais là, il voulait savourer l'instant ; la regarder, rayonnante, à la lumière de cet été naissant, leur premier été !

Elle s'était maquillée légèrement, avait laissé ses cheveux flotter librement sur ses épaules, pleine de force et de jeunesse, si loin de ce qu'elle avait été ces derniers temps : absente, maladive, recroquevillée sur sa douleur.

La transformation était éclatante.

À présent, il savait qu'il fallait lui laisser de l'espace.

Il l'avait aidée à revenir au jour, maintenant il devait la laisser se reconstruire.

Intentionnellement, il avait garé la voiture en dehors du parking souterrain de l'hôpital pour prolonger un peu la promenade : la sentir, légère, peser sur son bras était la récompense de ces semaines passées en apnée.

Voir ses cheveux capter le soleil en prismes scintillants ; ses regards avides sur tout ce qui les entourait ; ses sourires, légers, fugaces ; ses premiers pas le long de cette route comme ceux du faon qui, à peine né, parcourt la prairie… même s'il la sentait en peine d'exprimer vraiment sa gratitude, tout, dans son être, la lui disait.

En vérité, il n'attendait d'elle aucun remerciement. Ce qu'il avait fait, il l'avait fait pour lui autant que pour elle. Sa vie, la sienne, mêlées comme le serpent qui se mord la queue, enroulé sur lui-même, l'un va au tout qui va à l'un, en un cycle éternel. Et il se sentait là-dedans, aspiré au milieu de cette spirale de vie.

Sans rien lui dire, durant les deux dernières semaines de son internement, il avait fait modifier dans son appartement une chambre pour Naëlle : toute de bois cérusé pâle et de lin beige, elle était fraîche et pimpante, calme et sobre, impatiente d'accueillir son occupante.

Simon ne savait comment lui proposer cette potentielle cohabitation. Pour l'instant, il fallait tout d'abord déposer ses affaires chez elle et retrouver Nicolas !

*

Debout dans le hall d'entrée, il ne bougeait pas ; dans cet appartement où il s'était trouvé si souvent seul ces derniers temps, il n'osait plus occuper l'espace.

Affairée à nourrir Nicolas, remettre ses livres sur les étagères, reprendre possession de sa vie, Naëlle n'avait pas immédiatement saisi le trouble de Simon.

— Je suis désolée, je... tu veux boire quelque chose ?

Elle sourit, réalisant qu'elle n'avait aucune idée de ce qui pouvait se trouver pour l'instant dans son frigo.

— Écoute, lui répondit-il, si tu veux sortir, je t'invite : on mange en terrasse et puis on fait le tour du lac, le temps est si beau, profitons-en !

*

Je la regarde, de toute mon âme, je la regarde et je peux enfin le faire sans arrière-pensée, sans me demander si c'est bon ou pas pour son traitement, pour son évolution.

Elle dévore, et c'est beau à voir.

Le soleil se promène doucement sur son visage, faisant scintiller le fin duvet blond de ses tempes ; le rose de ses joues revenu lui donne un air enfantin et gourmand ; ses yeux, éclaboussés de lumière, paraissent encore plus clairs et limpides.

Je la regarde, et je me dis que je pourrais passer ma vie à la regarder ; écouter sa voix grave parcourue de silences, l'entendre rire de ce que je lui raconte, et me sentir drôle, alors, et me sentir bien.

Après le repas, nous marchons sous les feuilles tendres de ce mois de juin ; je lui prends la main, elle ne la retire pas, nous marchons, calmement, comme si nous l'avions fait des centaines de fois, nos mains nouées cadençant doucement notre marche, je

353

sens parfois la petite palpitation au creux de son poignet ; à la dérobée, je la regarde encore, inassouvi ; son visage est pratiquement à la hauteur du mien, ses narines, très fines, se plissent quand elle sourit et que sa lèvre se retrousse.

Elle s'arrête, me regarde loin et profond, comme avant ; mais je vois bien que ses yeux ne racontent plus tout à fait la même histoire, je ne lui en parle pas... Elle le fera, elle, quand elle sentira que c'est le moment... ou elle ne le fera pas, et c'est son droit.

Je ne veux pas penser à demain, je ne veux plus penser à hier, je suis enfin ici et maintenant, avec elle, trouvé, retrouvé.

Une envie insensée de l'embrasser, d'entrouvrir ses lèvres, de glisser les doigts le long de son cou, souple roseau... mais il faut attendre, attendre qu'elle vienne, elle, qu'elle me choisisse.

Alors, pour calmer mon impatience, je parle de tout, des petits canetons nouveau-nés qui pédalent en file derrière leur mère sur le lac parsemé de lentilles d'eau, de rien, de mon bouquin qui n'avance pas et dont je me moque pour l'instant, de Grégoire et Céline qui nous invitent à manger chez eux dimanche, d'une vie qui paraît tout à coup simple et lumineuse, de ces étés qui nous attendent, de cette journée, et puis des autres, des centaines d'autres, brillantes comme celle-ci, plus peut-être, si elle veut, si elle veut.

Elle me regarde, elle me sourit, pose ses doigts frais sur mes paupières, en chasse les quelques pensées encore grises qui crispent sans doute un peu mes sourcils.

Je garde les yeux fermés, je sens son souffle légèrement précipité. Ses mains descendent sur ma nuque, se posent, papillons blancs, sur mes épaules. Je crois deviner chaque courbe de son corps, si près du mien.

Elle laisse aller sa tête sur mon épaule, je n'ouvre toujours pas les yeux, ne pas briser la magie du moment ; sa voix est comme le chant d'une source :

— Tu es ma vie, il n'y a rien eu avant toi, que de l'ombre et du chagrin. Grâce à toi, je vis... Donne-moi juste un peu de temps, un peu de temps encore.

J'ouvre les yeux, lui caresse doucement les cheveux, pour la rassurer, pour me rassurer et apaiser mes craintes...

Nous nous remettons à marcher, tranquilles, juste un peu plus tremblants.

La promenade est belle et c'est un jour parfait !

MERCI

Merci à ma famille d'avoir supporté durant ces semaines mon esprit vagabond.

À Yann, mon premier lecteur, merci pour ton amour et ton soutien.

À Méline, Basile, Maël, Jean et Guy, merci de m'avoir si gentiment prêté vos noms et, parfois, un peu de votre vie.

Merci à France, Fabienne et Cécile, mes lectrices zélées.

Merci à Célia et à Franck pour leurs conseils avisés, bien utiles pour naviguer dans l'univers fascinant des arts martiaux.

Merci à Jean-Pol et à son expérience de sapeur-pompier.

Merci à Florence, Sarah, Audrey, Anne-Laure, Jessica, Agathe, David… et toute la magnifique équipe d'EHO.

Et surtout à Michel, Marc, Héloïse et Gilles sans qui cette histoire ne serait jamais parvenue jusque sous vos yeux.

Composition réalisée par PCA

Achevé d'imprimer en mai 2012 en France par
CPI BRODARD ET TAUPIN
La Flèche (Sarthe)
N° d'impression : 69025
Dépôt légal 1re publication : juin 2012
LIBRAIRIE GÉNÉRALE FRANÇAISE
31, rue de Fleurus – 75278 Paris Cedex 06

31/6284/9